PERLAU COCOS

Perlau Cocos

Casgliad o farddoniaeth talcen slip

Gol: Huw Ceiriog, Myrddin ap Dafydd

Argraffiad cyntaf: Tachwedd 1998

ⓗ *yr ysgrifwyr/Gwasg Carreg Gwalch*

*Rhif Llyfr Safonol Rhyngwladol:
0-86381-535-9*

Clawr: Alan Jones

*Argraffwyd a chyhoeddwyd gan Wasg Carreg Gwalch,
12 Iard yr Orsaf, Llanrwst, Dyffryn Conwy, LL26 0EH
☎ (01492) 642031*

Cynnwys

Cyflwyniad

Annwyl Gydwladwr,

Yn ddiweddar y cyfeiriwyd ein sylw at ddiffyg deunydd o sylwedd sydd ar gyfer ymhoffwyr yr awen rydd a chaeth y dyddiau hyn. Mor denau yw'r darnau adroddllyd, mor ddi-glec yw deunydd ar gerdd dant, mor uwdaidd yw cerddi'r cyfrolau cyhoeddedig. Y mae bwlch ar ôl athrylith beirdd yr awen wiw megis John Evans, yr Archfardd Cocysaidd Tywysogol; R.O. Ffor Cro; Anellyn, Bardd y Felin Wen; Bro Gwalia, Cocosfardd Caernarfon; Ffumerydd Jones, Cocos-fardd y De; Rhobad y Tyddyn, Ned Laban a'u tebyg.

Cyn y gwelir dadeni awenyddol, rhaid astudio gwaith y meistri; ymdrwytho yn eu medrusrwydd, byw a bod yng nghwmni eu dychymyg a'u dawn. Dyna nod y gyfrol ostyngedig hon wrth gasglu rhai o berlau beirdd ein gwlad ynghyd. Chi, brentisiaid brifeirdd, nac ymfodlonwch ar ôl cipio ambell goron neu gadair, eithr ymsugnwch nerth o'r clasuron hyn fel y gallwn eto ymfalchïo fod y Gymru hon fel y Gymru fu yn wlad beirdd a chantorion enwogion o fri.

Ond, o ddifri calon, am eiliad a hanner, nid testun gwawd yw'r casgliad hwn. Gwae ni, yn llythrennog ac yn ddysgedig, o wneud syrcas o ddiniweidrwydd. Y rhyfeddod yw bod yr ysfa fydryddol a'r awydd i greu penillion yn treiddio trwom ni i gyd a phwy all wadu na lwyddodd yr hen rigymwyr hyn i daro deuddeg ambell dro.

Mae llawer o hanesion am y Bardd Cocos yn cael ei barêdio o Steddfod i Steddfod a hen weilch strywgar yn piffian chwerthin yn ei gynffon, yn ei wisgo mewn rhubanau gwyn, coch a melyn, cadwen o gocos am ei wddw a'i gymell i berfformio ger bron rhai o'r cylchoedd mwyaf cyfrin yng nghyfarfodydd llenyddol ail hanner y ganrif ddiwethaf. Yn ôl un adroddiad:

> Yn Eisteddfod Caernarfon, 1877, ceisiai gael mynediad i mewn i gylch cyfrin yr Orsedd, ond hwtid ef ymaith gan y prif feirdd, a llefai Hwfa yn ei wyneb, 'Dos i ffwrdd'. Bu yn areithio ar ddirwest a thywydd sych yn Eisteddfod Conwy, ac yn rhedeg ras yn Eisteddfod Llanerchymedd. Yn Eisteddfod Bangor, 1874, yr oedd wedi ei wisgo a rhubanau a chadwen o gocos am ei wddf, a darfu i ryw wags ei berswadio i fyned ar y llwyfan i annerch yr Eisteddfod gydag englynion o'i waith, ond pan ar ddechreu parablu dyna Trebor Mai yn neidio ar ei draed mewn dychryn am urddasolrwydd y sefydliad, gan ymfflamychu yn ei wyneb:

Rhoi'n gwisgoedd am ryw hen gasgen – heb bwynt,
    Gwneyd bardd o gornchwiglen;
Oferedd llwyr, fe rydd llen
Gic oesol i gocysen.

Mae gennym nifer o enwau gwawdlyd ar y beirdd hyn: Bardd
Talcen Slip, Bardd Bol Clawdd (neu Fardd Tin Clawdd), Bardd Pen
Pastwn, Bardd y Blawd – ac wrth gwrs, Bardd Cocos.
    Ond rydym yn dal i gael difyrrwch yn eu dull o drin geiriau. Er
cicio'r cocos, byw ydynt heb os. Mae rhyw fywyd ac elfen wahanol
yn perthyn iddynt sy'n chwa o awyr iach ar draeth gwastad a syber
ein traddodiad barddol cydnabyddedig. Mwynhewch y danteithion
a chadwch y cregyn!

Huw Ceiriog,
Myrddin ap Dafydd

Cydnabyddiaeth

Diolch i'r canlynol am eu cymorth hollol hanfodol i alluogi'r gyfrol hon i
weld golau dydd:

Gwasg y Tŵr, Llanfairpwllgwyngyll
W.J. Thomas a Bessie Roberts, Porthaethwy
Arthur Thomas, Porthmadog
Tegwyn Jones, Bow Street
Eleri Wyn Jones
Golygydd *Y Casglwr*
Adran Llawysgrifau Llyfrgell Genedlaethol Cymru
Yr Athro Hywel Teifi Edwards
Gwyneth Lloyd, Dinmael, Corwen
Guto Roberts
Cledwyn Fychan
Diolch i'r Llyfrgell Genedlaethol am ganiatâd i gynnwys
y lluniau ar dudalennau 8, 82, 92 a 104.

LLYFR

O WAITH YR

AWEN RYDD A CHAETH.

GAN JOHN EVANS,

Yr Archfardd Cocysaidd Tywysogol.

PORTHAETHWY:

CYHOEDDEDIG GAN YR AWDWR.

John Evans
Bardd Tysilio a'r Archfardd Cocysaidd Tywysogol

Yng nghwmni beirdd cyffredin, mae manion fel dyddiad geni, man geni, addysg fore, dylanwadau cynnar, achyddiaeth y teulu ac ati yn bwysig wrth geisio llunio bywgraffiad byr. Ond nid bardd cyffredin oedd John Evans. Wrth gasglu'r deunydd hwn ynghyd, rwy'n dibynnu'n drwm iawn ar gofiant Thomas Roberts, 'Alaw Ceris' iddo a gyhoeddwyd yn 1923, ynghyd â detholiad o gerddi'r bardd. Mae Alaw Ceris hefyd yn ymwybodol o ddiffyg gwybodaeth ddyddiadurol am fanylion ei fywyd:

> . . . nid oes yn y llyfr (os llyfr hefyd) ddyddiadau ynglŷn â'r digwyddiadau sydd wedi eu cofnodi. Y mae yn debyg mai yr atteb goreu i hynyna yw nad ydynt wrth law. Gellir dweud hefyd nad oedd yr hen fardd yn rhyw gywir iawn yn ei ddyddiadau. Yn y copi gwreiddiol o 'Royal Charter Fawr', yr oedd yn dweud ei bod wedi cychwyn o Melbourne ar y deuddegfed-ar-hugain o Awst. Hefyd ni ddylai cofiant yr hen fardd fod fel cofiant dyn arall. Y mae rhai cofiantau yn llawn o ddyddiadau, fawr o ddim arall, ac felly nid peth afresymol yw ysgrifennu hanes yr hen fardd heb ddweud y flwyddyn na'r dydd o'r mis. Nis gwyddai ei oed, ac nid oedd yn cofio cael ei fedyddio, ond yr oedd yn sicr mai John Evans oedd ei enw, yr oedd wedi clywed ei fam yn dweud hynny lawer gwaith. Yr wyf yn credu na byddai neb yn rhyw bell iawn o'i le pe credai fod yr holl bethau gymerodd le yn ei oes wedi digwydd rhwng 1827 a 1895.

Er nad oedd yn ymboeni yn ormodol gyda manylion, mae rhyw athrylith yng nghlymiad ei eiriau nad yw i'w chanfod yng ngweithiau beirdd mwy trefnus a thaclus ei gyfnod – unrhyw gyfnod, yn wir. Ni chawsai erioed ddiwrnod o ysgol ac roedd yn ugain oed cyn medru darllen rhywfaint, yn ôl ei dystiolaeth ei hun, ond mae'n fwy na thebyg ei fod yn hollol anllythrennog. Cyfansoddai ei gerddi yn ei ben ac yna byddai'n eu hadrodd wrth gyfaill fedrai eu taro ar bapur iddo. Âi â nhw wedyn at argraffydd a chyhoeddai nifer o ddalennau i'w gwerthu ar ei deithiau. Canai ac adroddai ei waith gan ddibynnu'n llwyr ar ei gof, felly, ac mae'n ddiddorol sylwi ar ei ragymadrodd ei hun i'w gyfrol *Llyfr o waith yr Awen Rydd a Chaeth* nad oes llawer o wahaniaeth rhwng ei ryddiaith a'i farddoniaeth:

Anwyl Gydwladwyr, – Fe fum mewn gwasanaeth galed, yn fachgen egwan hefo'r llanciau yn gweini yn heini. Mi fum yn gweithio ac yn teithio yn y gweithydd mawr yn mysg y peirianau mawr, weithiau i fyny, weithiau i lawr.

Mi gefais y teitl cynta o'r enw Bardd Tysilio. Fe teitlwyd fi'n Archfardd Cocysaidd Tywysogol un-mlynedd-arddeg yn ôl. Fe'm gelwir gan rai yn Fardd Cocos, ond nid yw hyna ond llygriad o'r gair Cocysaidd.

Mi fum yn yr erledigaethau mawr, weithiau i fyny, weithiau i lawr, gan ysgolheigion mawr. Mae gwaith yr Archfardd yn yr oes bresenol yn waith annichonadwy i'r bobl ei ddeall, oherwydd fod y swydd wedi myned i lawr er chwe ugain mlynedd, ac o achos mai gan un o gant y mae llyfrau o waith y Derwyddon oedd yn meddu dawn, y boreu a'r prydnawn.

Siarad yn synwyrol ar y wyneb y mae nhw yn y rheol gaeth: gwaith yr awen rydd sydd yn myn'd i wraidd yr iaith wrth fyned yma thraw ar daith. Ychydig o eiriau a gynwys llawer.

Trwy fod y beirdd wedi cael gormod o ddysg, cymysgir y naill iaith am ben y llall. Nid ydynt yn sefyll at y rheolau gwreiddiol. Nis gall y prydydd ond gwneud y geiriau barddonol; ond y mae y bardd yn ganwr ac yn ddatganwr.

O achos fod cymaint o erledigaethau, yr wyf fi yn ddyn tlawd, mewn dirmyg a gwawd. Pe daswn yn gwisgo y siwt ddu bob dydd, mi f'aswn yn well dyn, a'r bobl yn fwy cytun.

Mi fum mewn llafur mawr yn codi'r iaith Gymraeg i fyny. Mae yn debyg mai yn yr oes nesaf y byddant yn dallt y rhan fwyaf o'm gwaith, pan fyddwyf yn pydru yn y ddaear laith, wedi myn'd i orphwyso oddiwrth fy ngwaith. Fe fu raid i mi ddal i fyny 'run fath a'r hen bregethwrs yn yr oesau gynt, a'r bobl yn taflu pob peth i'r gwynt. Ac os na chymerwn y swydd o Archfardd, mi roeddent am fy melldithio ar y ddaear laith, i wneyd y gwaith mewn profedigaethau maith.

Mae'r oes bresenol yn meddwl nad yw dyn heb fod yn yr ysgol ddyddiol yn werth dim ond myn'd i'r ffos i gau. Greddf o natur teulu yw'r awen rydd; mae hi goruwch pob dysgeidiaeth arall. Pe dasai bosibl iddynt farw gan waith, fe fuasent wedi gwneyd hefo'r gwaith.

Yr oeddwn i tuag ugain oed pan ddechreuais ddarllen. Ni chymerwn yr un dysg gen 'run dyn byw, nes cyrhaedd pump-ar-ugain oed, heb fath o ysgol erioed yn fy oes. Yn ei llechdod babandod mae'r oes, mae nhw'n dyodde'r loes, dan faich a chroes. A'r bobl sy'n deall leiaf a wel fwya' o fai, ar lanw a thrai.

Cam ydyw ethol dau o'r un enwad i farnu ar destyn y gadair. Mae yr archfardd yn uwch yn y gyfraith na'r esgob. Nid oes ond un archfardd i fod dros Gymru i gyd. Gwaith yr archfardd yw bod yn ben athraw ar yr oes. Mae nhw wedi wastio pum mlynedd o amser i roi addysg i'r oes yn mwrdd y llywodraeth, onide mi faswn yn y Colleges mawr yn rhoddi addysg hefo'r iaith Gymraeg, i ddysgu'r rheolau gwreiddiol.

Nid ydyw'r oes ddim yn deall swydd yr archfardd mwy nag anifeiliaid, oherwydd mai gan un o gant y mae'r llyfrau ar hanesyddiaeth. Mae llawer o bobl wedi gwadu yr iaith Gymraeg oherwydd balchdra. Mae'r oes wedi myned yn d'w'llach mewn un ffordd, ac yn oleuach mewn ffordd arall.

Mae gwaith yr archfardd yn waith caled, fel gwaith ceffyl yn yr oes bresenol. Yr wyf fi wedi goddef ail i amynedd Job. Ni oddefaf ddim yn rhagor gan y camwri. Os byddant yn gwneyd rhywbeth allan o le, megys galw ar fy ôl yn afreolaidd, neu fod yn euog o lenladrad, byddant yn cael eu cospi hyd eithaf gosp y gyfraith. Mae'r filwriaeth yn perthyn i'r tywysog, a dyna'r hawl i gario cleddau. Nid ydyw'r swydd ddim yn ddiberygl heb gario'r cleddau. Cant hawlio handlio'r cleddau, ac os byddant yn debyg o gael colli bywyd fod hawl i darawo hefo'r cleddau.

Fe'm ganwyd ac fe'm magwyd yn Mhorthaethwy. Mae'r oes yn myn'd ar gallop gyda'r gerddoriaeth newydd, swn tôn a dim geiriau, hwyrdrwm a difywyd.

Wrth ddarllen yr ychydig baragraffau hyn, mae'n amlwg eisoes fod rhai llinellau gafaelgar yn taro dyn yn ei dalcen. Mae yma ambell blanhigyn prin – er bod y chwyn yn dew, yn ôl Alaw Ceris:

Nid oes dadl nad oedd ganddo rhyw fath o athrylith, – ac ar brydiau yr oedd y fflachiadau yn danbaid, ond yr oedd y diffyg cyfartaledd yn diffodd y cyfan.

Ond does dim dwywaith nad oedd gan yr hen fardd ei ddilynwyr. Roedd ei wreiddioldeb a'i unplygrwydd a'i ffydd ynddo'i hun yn afaelgar o'i roi ar yr un llwyfan â beirdd parchus y sefydliad eisteddfodol. Eto, nid ymhonnwr ffug mohono – roedd yn credu ei honiadau o ddifri calon:

Mewn un peth yr oedd yn debyg iawn i ddyn arall o ran ei feddwl, yr oedd yn credu ei fod yn rhagori ar bob dyn, a phwy sydd heb fod a llawer o hynny ynddo, ond y gwahaniaeth oedd, yr oedd ef yn dweud hynny, ac yn credu yr hyn oedd yn ddweud.

Mae'n siŵr bod rhyw ddiniweidrwydd yn ei frolio nad oedd i'w weld ymysg beirdd go-iawn llwyfannau cefnsyth ei ddydd. Roedd yntau, yn ei ragymadrodd, yn ymwybodol nad oedd wedi'i dorri o'r un brethyn ond doedd hynny ddim yn destun swildod ynddo chwaith. Mae Alaw Ceris yn tystio bod llawer, ddeng mlynedd ar hugain ar ôl ei farw, yn dal i holi am ei gerddi gan fod

cymaint o'r digrifol yn ei ganeuon, a hynny heb y duedd leiaf i lygru y sawl a'i darllenant, bydd ei hailgyhoeddi yn foddion i ennyn yn yr oes bresennol y pleser a'r digrifwch gaed trwyddynt yn yr oes aeth heibio. Fel y gwelir wrth ei ddarllen, nid oedd yn ceisio dynwared neb a fu o'i flaen, yr oedd yn hollol ar ben ei hun, heb na rheol na threfn, ond yr oeddynt yn eglur iddo ef. Yr wyf yn cofio gofyn iddo unwaith (pan y dywedodd am y pedwar llew sydd ar Bont Britannia,

'Pedwar gwalch balch
Wedi eu naddu o gerrig calch')

beth oedd yn falch ynddynt. O, meddai yntau, y maent yn rhy falch i droi eu golwg at neb sydd yn myned heibio, hyd yn oed y tren.

Sut un oedd o? Fel y gellid disgwyl, roedd ei olwg yn wahanol i bawb arall – gan gynnwys beirdd, sy'n eithaf gwahanol ar eu gorau.

Yr oedd ef yn ddyn pan oeddwn ni yn hogyn, ac un rhyfedd oedd. O ran ei ymddangosiad yr oedd fel dyn arall, o daldra cyffredin, ac o bryd goleu, yn cerdded a'i ben o'i flaen, neu fel y byddis yn dweud, yr oedd ganddo dipyn o wàr. Yr oedd yn hollol aniwylliedig, ni chafodd ddiwrnod o ysgol erioed, ac yr oedd yn dueddol i adael ei hunan fel y gwnaeth natur ef, ni buasai byth yn tori ei wallt pe cawsai lonydd, rhyw unwaith yn y flwyddyn y byddai yn cael ei dori, a hynny pan fyddai ei frawd Dic yn dod adref oddiar y môr. Yr oedd ei wallt yn grych ac mor gryf a rhawn ceffyl, hefyd yr oedd yn gadael i'w farf dyfu, yr hyn oedd yn beth anghyffredin yr adeg honno. Gofynodd rhywun iddo pam yr oedd yn gadael i'w farf dyfu o dan ei drwyn. O, meddai yntau, –

Fydd yr awen ddim yn flash
Heb fwstash.

Doedd dim rhyfedd y câi ambell un fodd i fyw o dynnu ei goes ac weithiau âi pethau dros ben llestri braidd.

Pan yn lled ieuanc fe ymunodd y bardd a Chartreflu Sir Gaernarfon, a'r peth cyntaf a wnaethant ag ef oedd ceisio ei sythu, a'r moddion

cyntaf a arferwyd oedd rhoi *steel* yng ngholar y gôt goch o dan ei ên,
ac yr oedd hwnnw yn codi ei ben mor uchel meddai fel nas gallai yn ei
fyw weld ei draed, yr oedd fel polyn, a'r canlyniad oedd, os oedd
rhywbeth uwch na'i gilydd hyd lawr pan fyddent yn marchio, fe
syrthiai y bardd, ac felly roedd y drefn yn drysu, a bu raid symud y
steel ac arfer moddion arall, sef rhoddi swm rhesymol o blwm mewn
rhan neilltuol o'i drowsus, ond ni fu'r moddion diweddaf yn ddim
mwy llwyddiannus na'r cyntaf, a'r canlyniad fu anfon y bardd adref,
nid oedd yn bosibl gwneud sowldiwr o honno, ond pe buasai yn fyw
ac yn yr oed yn amser y rhyfel diweddaf buasent yn sicr o'i gymeryd, a
thebig iawn y buasai wedi ennill y V.C., gan na wyddai beth oedd ofn,
ac yr oedd yn hollol ryfygus. Pan fyddai unrhyw beth yn mynd yn
groes iddo byddai ei wrychyn i fyny yn y fan, ac ymladd oedd ei unig
ffordd i ymresymu, ac nid oedd yn darostwng ei hun fel archfardd yn
y gradd lleiaf, gan fod ganddo hawl i daro, hyd yn oed a'i gleddyf.
Unwaith yr oedd yn Llangefni yn gwerthu ei lyfrau a'r regimentals
(chwedl yntau) am dano, daeth rhyw un gwirionach na'i gilydd o'r tu
ôl iddo gan ei daro ar goryn ei het, nes oedd ei ben i gyd ynddi, ac
onibai i'w chantel daro yn ei ysgwyddau, buasai hanner ei gorff ynddi,
a'r funud y cafodd ei ben o'r wasg yr oedd yn cyrhaedd yr agosaf atto
gyda'i law chwith, gan ei fwrw i'r llawr ynghyd â byrddiad o india rock
oedd o'r tu ôl iddo. Nid oedd gan yr hen fardd ddigon o reswm i ofyn
pwy a'i tarawodd. Na, yr oedd ei ddigofaint wedi ei ennyn ac nid oedd
o ddim gwahaniaeth ganddo ar bwy i'w ymarllwys.

Er yr odrwydd arwynebol hwn, roedd yn hollol sicr ei gred ei fod yn iach
iawn yng nghraidd ei fod. Credai iddo fod yn lwcus iawn na ddechreuasai
farddoni oni bod ei gorff wedi caledu yn barod i fedru ymgodymu â'r fath
straen gorfforol ac ymenyddol. Roedd wedi tyfu i'w lawn faint, yn bump
ar hugain oed, cyn dechrau ymhél â'r awen a dyna pam (yn ôl ei
dystiolaeth ei hun) nad oedd wedi ei ddrysu ganddi – yn wahanol i nifer o
feirdd eraill oedd wedi dechrau barddoni yn rhy ifanc o'r hanner pan oedd
eu hymennydd dal yn feddal.

Yr oedd y beirdd meddai ef y creaduriaid mwyaf dilun ar y ddaear, a
hynny am y rheswm eu bod wedi dechreu yn rhy ieuanc pan oedd eu
menydd yn rhy feddal, ond yr oedd ef yn eithriad, nid oedd dim
dryswch yn agos ato, yr oedd yn gallu dal ymweliadau mwyaf tanbaid
yr awen heb gynhyrfu o gwbl.

Y rheswm a gynigiai tros galedrwydd aeddfed ei ymennydd oedd ei fod
wedi llwyddo i wella ei hun pan oedd yn ifanc a hynny ar ôl i bob doctor
arall fethu. Cafodd ei eni a'i fagu ym Mhorthaethwy, a bu ei dad farw

dan y 'geri marwol' yn 1847 gan adael criw o blant amddifad yng ngofal ei weddw. Alaw Ceris sy'n adrodd yr hanes:

Nid oedd yr hen fardd yn rhyw gryf iawn pan yn ieuanc. Clywais ef yn dweud lawer gwaith fod rhyw boen ddiawchedig yn ei ben, criccymala meddai ef (yr wyf yn defnyddio ei eiriau ef ei hunan, felly peidiwch am beio), ac wedi i'r meddygon fethu ei wella, fe aeth at y gwaith ei hunan, a'r ffordd a gymerodd oedd rhoddi plastar tew o glai glas am ei ben bob nos, ac erbyn y bore fe fyddai wedi caledu fel plaster paris, a gwnaeth felly am amser maith nes aeth y boen i gyd i ffwrdd, a'r unig anhawster fyddai yn ei deimlo fyddai cael y clai o'i wallt, neu gael ei wallt o'r clai, ond gydag amynedd a dwfr poeth, byddai yn llwyddo yn o lew. Bu ei lwyddiant gyda'i ben yn achlysur iddo fod yn feddig iddo'i hunan ac i'w fam hyd nes y daeth y gelyn diweddar heibio. Yr oedd wedi tyfu i'w lawn faint ac wedi caledu cyn dechreu barddoni, yr oedd yn bump-ar-hugain oed, a dyna y rheswm na fuaswn wedi drysu gyda barddoniaeth, fel y rhan fwyaf o'r beirdd.

Er cystal oedd ei ben, mae'n siŵr iddi fod yn dipyn o dasg arno i'w sefydlu'i hun ac ennill ei fywoliaeth. Nid oedd yn brin o ymdrech na dyfeisgarwch, er nad oedd yr 'arian mawr' byth yn ei gyrraedd rywsut.

Bu am flynyddoedd yn masnachu mewn peiswyn. Byddai yn canlyn y dyrnwr mawr o ffarm i ffarm, a byddai yn prynu y peiswyn am roat neu dair ceiniog y sach (fel yna y byddai yn dweud, y swm mwyaf yn gyntaf, chwech neu bump ceiniog, swllt neu chwech – chwech neu swllt fuasai dyn arall yn ddweud, ond yr oedd ef yn wahanol i bob dyn), a byddai yn cael ei fwyd ymhob lle am glirio o dan y dyrnwr, a byddai ambell un go hael yn rhoi cyflog iddo hefyd. Yr oedd ganddo sachau o'r fath fwyaf i fynd i'r ffermydd, a byddai yn eu llenwi mor galed nes byddent yn swnio wrth eu taro, yna fe a'i a hwynt adref i'r warehouse (rhyw shed oedd yn nhalcen y tŷ), ac yno byddai yn gwagio y peiswyn o'r sachau ac yn ei hail lenwi i sachau llai, ond ni fyddai yn llenwi y rhai hynny mor galed, yna fe a'i a hwynt yw gwerthu i'r pentrefydd am naw ceiniog neu swllt, ac os byddai gofyn da am dano cai bymtheg ceiniog neu ychwaneg y sach. Go dda onide. Nid wy'n meddwl ei fod mor debig i ddyn arall yn ei holl ymwneud â'r byd ag ydoedd yn ei fasnach, a phe buasai yn masnachu ar radd eang buasai wedi gwneud llawer o elw. Rhyfedd onide fel y mae dynion yn ymdebygoli yw gilydd pan y mae elw neu hunanles yn y fantol, tlawd neu gyfoethog, doeth neu anoeth, y maent rywfodd yn gyfartal yn eu hymgais i elwa heb golli llawer o chwys. Y mae yn rhaid fod yr elfen yn reddf yn y natur ddynol, ac yn reddf ag sydd wedi cael perffaith lonydd gan y diafol, oherwydd ei bod wrth ei fodd.

Dylaswn fod wedi dweud fod gan yr hen fardd drol yn cael ei thynu gan ful at ddwyn ei fasnach ymlaen. Wrth edrych arno yn mynd gyda'i lwyth peiswyn, buasai pawb ag oedd yn gwybod rhywbeth am ful ar unwaith yn dod i'r penderfyniad ei fod yn *expert* ar ei yru. Byddai ef yn cerdded yn gyflym a'i olwg tua'r llawr, gan afael yn yr awen a'r mul yn trotian ei ganlyn. Y mae yn rhaid fod rhyw gyfaredd yn ei law a bod awen y bardd yn effeithio ar awen y mul, gan fod y ddau yn canlyn eu gilydd mor heddychol. Clywais ef yn dweud y byddai yn myfyrio llawer wrth dramwy'r ffordd, ac na fyddai ei feddwl byth yn wag. Y mae yn dra tebygol mai wrth fynd gyda llwyth o beiswyn y cyfansoddodd yr englyn canlynol i einioes –

Fel gwisg yd
Yn mynd allan o'r byd
I orwedd ar ei hyd
I le clyd
Am amser maith y byd.

Campwaith i bawb meddai ef ond i Archfardd oedd cyfansoddi englyn pum llinell, ac nid oedd gan neb arall hawl i dori y rheol, ond gallai ef wneud fel ag y mynnai.

Mae nerth crebwyll y Bardd Tysilio o'i gymharu â'i gydardalwyr a'i gyfoedion yn eglur iawn yn ei gerdd i ran o'i fro enedigol ac mae'n werth treulio peth amser gyda'i fyfyrdodau cyn symud ymlaen:

Cân Newydd i Fro Pennebo y Borth
(cenir rhwng Trymder a Buan)

Mae llanciau bro Pennebo
Yn myned trwy'r fro
Ac yn dwrdio lladd y llo
A thynu y tô;
Yr oeddynt hwy yn cario
Straeon fel dynion haner
Call o'r naill dŷ i'r llall,
Ac o'r naill dŷ i'r llall
Ac o'r naill dwll i'r llall;
Yr oeddynt hwy yn greaduriaid
Disynwyr yn codi y fath gynwr,
Fe fuasai'n ffitiach rhwymo eu
Penau yn y nenau â rhaffau rhawn

Tra byddai y lleuad yn llawn
Gael iddynt dd'od at ddawn
I fwyta rhawn tra byddai y lleuad yn llawn
yr oedd yn haws iddynt hwy bendroni
Wrth dreio barddoni
A caeau eu ceg gyda rheg
A bariau haiarn yn eu ceg.

Wrth fynd â'i lwythi ar hyd ac ar led, doedd ryfedd i'r hen drol ddangos
dipyn o draul gyda thro'r blynyddoedd. Er trwsio a chlytio, darfod wnaeth
hi yn y diwedd ac roedd rhaid cael un newydd:

Ond sut i gael trol newydd oedd y cwestiwn ag yntau heb arian wrth
law i dalu am dani, ac ni fuasai o un diben iddo fynd at ei gydnabod
a'i gyfeillion i ofyn cymorth, a hwythau yn gwybod am y swm
aruthrol o arian oedd i ddyfod iddo. Yr oedd yr hen fardd mewn
cyfyngder. Yr oedd y mul yn edrych atto am ei gynhaliaeth, a'i fam yn
y tŷ yn ddigon symol felly bob amser, a neb ond y fo i chwilio am y
rhent a'r trethi, a bwyd. Doedd dim rhyfedd iddo ddechreu cerdd
'Prince of Wales' fel y gwnaeth –

'Mae Prince of Wales wedi priodi
A miloedd yn byw mewn tlodi.'

Yr oedd yr hen fardd yn gwybod beth oedd tylodi fel llawer o'i flaen ac
ar ei ôl hefyd. Peth rhyfedd fod y byd, neu gymdeithas yn parhau yr
un fath yngwyneb y fath fanteision. Gwedd newydd ar gristionogaeth,
cymdeithas yn proffesu agosach cymundeb a'i gilydd, ond ar bwnc yr
arian y mae hi heddyw fel yr oedd yn nyddiau yr hen fardd, rhai yn
methu gwybod syt y gallant wario digon o arian, a'r lleill sydd a digon
ganddynt yn pryderu ac yn poeni wrth wario swllt, a'r mwyafrif mawr
fel yr hen fardd yn methu gwybod lle cant arian yw gwario.
Ynghwyneb pethau fel y maent pwy all wadu hen athrawiaeth y
'cwymp'.

Sôn am y drol yr oeddym, ond yr ydym wedi crwydro yn lled bell
oddiwrthi, y mae cryn ffordd rhwng trol mul a chwymp dyn, ond yr
oedd yr hen fardd yn credu yn y naill a'r llall. Yr oedd y drol mor
anhebgorol iddo i ennill ei fywoliaeth fel y daeth i'r penderfyniad nad
oedd dim i'w wneud dan yr amgylchiadau ond gwneud un ei hunan.
Nid amheuodd ei allu am funud, yr oedd llawer wedi llwyddo i wneud
pethau anhawddach na throl ar y cynnyg cyntaf, ac os oedd dynion
cyffredin yn gallu gwneud felly, pa faint mwy y gallsai ef wneud, oni
wnaed Pont y Borth ar y cynnyg cyntaf, ac yr oedd yn sicr fod Pont

Britannia wedi ei gwneud felly, gan ei fod wedi eu gweld yn adeiladu honno, ac y mae y ddwy yn sefyll hyd heddyw. Beth oedd gwneud trol i wneud pontydd fel yna, ac i'r Borth a fo i chwilio am goed, a'r coed oedd hen focsus cig moch, coed da cryfion medda fo, wedi eu piclo mewn saim. Yr unig arfau oedd ganddo oedd llif, cryman, a chyllell. Nid oedd am drafferthu i'w morteisio, gan fod hoelion yn llawn cystal, a'r arfau oedd ganddo heb fod yn rhyw hwylus iawn i wneud morteisiau. Yr oedd y gyllell erbyn gorffen y gwaith wedi mynd yn fain fel myniawyd, ond pa wahaniaeth oedd hynny, gan fod y drol wedi ei gwneud. Yr oedd yn credu fod yn well iddo brynu dwy olwyn ag echel, na cholli amser yw gwneud, ac felly y gwnaeth, fe aeth i Fangor i chwilio am rai ail law, ac fe gafodd rai lled dda yn rhad, os rhad hefyd, gan nad oeddynt yr un faint, yr oedd un yn uwch na'r llall. Yr wyf yn cofio yn dda ei gyfarfod ar ffordd Pentraeth, rhwng Fourcrosses a'r Rallt, y tro cyntaf i mi weld y drol, ac meddwn wrtho, dyma'r drol? Ia, meddai yntau, beth ydach chi yn feddwl o honni? Wel ardderchog, meddwn innau, welais i erioed yr un tebig iddi, ond y mae un olwyn yn uwch na'r llall. Wel ydi, medda yntau, yr ydw i am ei newid hi i'r ochor arall, mi fydd yn iawn wedyn. Ar ôl siarad am y tywydd a'r urdd a'r cynhaeaf gwair, medda fo yn lled ddistaw, ar ôl cael trol newydd tydi pethau ddim yn iawn etto, y mae rhyw helynt ar y mul, mae o yn mynd i'r clawdd o hyd, ella mae wedi bod yn rhy hir heb weithio mae o, a minna wedi meddwl yn siŵr am ddreifio i Steddfod Birkenhead y mis nesa. Meddwn innau, i edrych a fuasai yn deall, ar ôl i chwi newid yr olwyn mi aiff y mul i'r clawdd arall. Nag eiff, meddai yntau, mae gen i rensan gryfach yr ochor honno.

Peth ofer oedd ceisio ei argyhoeddi ar unrhyw bwnc gan nad oedd y gallu ganddo i symud o honno ei hunan. Yr oedd yn llwyr gredu pob peth fyddai yn ddw eud am dano ei hunan, ac fe gredai bob peth da a ddywedai arall am dano. Onid oes miloedd yr un fath ag ef?

Y 'Bardd Cocos', wrth gwrs, oedd ei enw ar lafar gwlad ac er iddo drio gwadu hynny, y llwythi cocos a gariai o Draeth Lafan a roddodd fod i'r enw hwnnw:

Yn niwedd y gwanwyn a dechreu'r haf byddai yn masnachu mewn cocos, a dyna oedd y rheswm iddo gael ei alw yn Fardd Cocos, ond byddai ef yn pwysleisio'r ffaith nad oedd cysylltiad o gwbl rhwng Bardd Cocos a chocos Traeth y Lafan. Llygriad meddai oedd Bardd Cocos o'r enw Archfardd Cocysaidd Tywysogol, ond y gwir yw yr oedd yn cael ei adnabod fel Bardd Cocos ers mwy nag ugain mlynedd, cyn bod sôn am yr Archfardd a'i waith, ond fel arall y mynnai yr hen fardd iddi fod, ac erbyn heddyw nid yw y pwnc yn un pwysig.

Mae ganddo gerdd i'r diwydiant cocos ac i'r gwlâu tywod a'r gwmnïaeth ar Draeth Lafan:

Cerdd ar Draeth y Lafan

Mae lle braf ar hyd yr haf
Yn Nhraeth y Lafan i hel *living*;
Mae degau, os nad ugeiniau,
Yn cael eu lluniaeth mewn llawenydd
Ar adenydd dwyfol y dydd;
Cant fyn'd yn rhydd
Ar oriau canol dydd;
Fe fydd y merched yna yn fwstwr
Ac yn glwstwr
Yn crafu tywod ffraeth
Traeth y Lafan o ddeutu'r hafan.
Nid oes yno ddim cysgod
Cownen i ddal rhownen;
Fe fydd y tonau gleision breision
Yn cael eu lluchio, cuchio,
Hyd dywod ffraeth Traeth y Lafan
Oddeuta yr hafan.
Mi roeddwn i ryw dro
Yn myned trwy'r fro
Gan fyned i Draeth y Lafan,
Oddeutu yr hafan,
Mi gefais yr hen gast
Yn bur ffast
Gan ferched ffraeth Traeth y Lafan
Oddeutu yr hafan.
Yr oedd hi yn adeg cynaua gwair,
Yr oeddynt hwy wedi myned i'r ffair
I gael cadw eu gair,
A minau yn crwydro
O'r naill fan i'r llall
Yn bur ddiball
Hyd Draeth y Lafan
Oddeutu yr hafan
Cyn cefais lwyth,
A rhai yn taro pwyth.
Bu raid i mi aros yno
Nes daeth y cenllif glas

I fewn oddeutu yn llawn,
Erbyn hyn yr oedd hi yn brydnawn.
Fe fydd yno hen waeddi am y lan
'Rwan ac yn y man,
A phwnio a phanu
Ar y mulod a'r merliod
Yn mysg yr hen garliod.
Mae lle peryglus stryglus
I aros yn llawer o deit
Heb dendio spring teides,
Mae'r cenlli cefnfor glas
Yn amgylchu tywod ffraeth
Traeth y Lafan oddeutu'r hafan.

Digon addas fyddai cynnwys cerdd arall sy'n dystiolaeth bellach o'i
frogarwch yma yn ogystal â phytiau eraill sy'n dangos ei adnabyddiaeth o
fulod a chreaduriaid carnog eraill:

Cân Newydd i ardal Porthaethwy
(Cenir ar y dôn rhwng Trymder a Buan)

Mae lle ardderchog yn y Borth
Ar fin yr afon ddŵr yn ddigon siŵr,
Cawn lansio cwch i'r dŵr efo llawer o 'stwr:
Ei phalasau gwychion a'i choedwig hardd
Oddeutu llawer tŷ a gardd;
Y siopwrs a'r tafarnwrs
Sy'n un o'r rhai mwya' siapus,
Mwyaf hapus,
Am bobi y dorth yn y Borth,
A felltydd a'r dydd,
A chreigiau cedyrn;
Bro braf yw hi i'r claf
I gael gorwedd yn glaf ar hyd yr haf,
Ac i felheulo ac i geulo
Hyd benau'i phonciau
A'i phynciau;
A'r adar mân sy'n pyncio
Efo pob rhyw bynciau
Hyd benau 'i phonciau;

Bro braf yw hi
I'r dyeithriaid gael d'od iddi
I roddi tro i'w chofio hi fel bro
Ar lawer bro a bryn
Cyn hyn, a thori chwyn,
A thori ffyn a nofio'r llyn
Efo pob rhyn
A myned i ben y bryn
A byta bara gwyn.

Cân Newydd Asyn Cyw Mul

Roedd bardd Tre'garth yn dilyn
Cwrs o warth, fod yn cadw
Asyn cyw mul,
A hwnw'n gena go gul
Ar foreu dydd Sul,
A'i dynewynau oedd yn fain,
Roedd ei gorpws yn eitha i
Fyn'd i'r drain
I fagu chwain;
Yr oedd o yn oer udo ac yn nadu
Yn myned trwy'r fro
Fel peth o'i go.

Englyn i ddyn wedi troi ceffyl i'r coed

Lloyd yn ddioed a droes y ceffyl i'r coed, –
    Fe aeth yn foed;
  Fe syrthiodd dros y dibyn,
  F'asai'n well iddo gael bwyd o'r gibyn.

Cân Newydd i'r Tarw Tew
(Cenir ar y mesur 'Troeadog')

Y tarw, mae arno flewyn garw,
Mi frefiff yn arw;
Cyn ei besgi efo rwdins a blawd
I dyfu arno gnawd.

Fe'i lleddir ac ymgleddir o
Fe drinir ei gig,
Rhag edrych yn ddig,
I'w wneuthur yn enllyn addas

I ddyn i'w fwyta, mae o yn well
Na chig paun am roddi graen,
I gael nerth i droi y craen,
Rhag cwyno'n raen.

Mae arno olwg chwyrn,
Yn cario'i gyrn a'i gyrn sy'n
Ddefnyddiol i gadw'r powdwr
Rhag y damp a'r dŵr.

Mae ganddo ddau lygad gloew,
Hoew yn ei ben, mi edrychiff ar y pren;
Ni fedr o ddim taro'i ben yn y nen:
Mae ganddo ddwy glust i glywed,

Tra bydd o yn myn'd ac yn dwad,
Ni fwytiff o ddim o'r tir tywod;
A'i groen sy'n ddefnyddiol
Rhag y boen i wneuthur gwisg.

I roddi am y noethion draed dyn,
Rhag y damp a'r dŵr yn bur siŵr;
A'i flew sy'n ddefnyddiol
I wneuthur morter tew,

I blastrio penau'r tai;
A rhai yn syrthio ar eu bai
Yn y tai ar lanw a thrai;
A'i rawn sy'n well na chawn

I weithio rhaffa, a rhai am y
Craffa ac am y saffa yn
Gweithio rhaffa, mae ganddo
Bedair coes, mi eill syrthio i'r ffoes,

A dyodde loes, mae ganddo wyth ewin
A dau dynewin mi boriff y blewyn;
A'i esgyrn sy'n fwy defnyddiol
Na chyrn bychod i weithio'r blychod.

A'i wêr sy'n ddefnyddiol
I wneuthur y canwylla,
Gael gola yn y tai,
A rhai yn syrthio ar eu bai,

Yn y tai ar lanw a thrai.
Mae ganddo gynffon gron,
Mi ddyoddiff ddyrnod ffon;
Mae ganddo wialen gron.

A hono'n gron at hyd ffon;
Oni bai y fuwch a'r tarw,
Ni fyddai na buwch na tharw;
Mi fyddai'n gaeth

Heb ronyn o fenyn a llaeth;
Mae o'n wythenog ac yn arenog,
Mae o'n berfeddog ac yn ddaneddog,
A'i berfeddion a'i waed

Sy'n ddefnyddiol i wrteithio gwraidd y coed,
Yn ddioed, a'i fiswel sy'n ddefnyddiol
I wrteithio y tir a deyd y gwir,
I dyfu y mân lysiau a'r glaswellt.

A dyna y tarw tew
Wedi ei hel yn o lew,
Cyn y tywydd rhew,
Yr oedd arno lawer o flew.

Mae rhyw sylwgarwch mawr sy'n codi o oes o dwyso mul a throl o amgylch ffermydd y tu ôl i gwpled fel

'Oni bai y fuwch a'r tarw,
Ni byddai na buwch na tharw'.

A dyma ichi ddisgrifiad byw o gath, hefyd:

Cân y Gath
Mesur 'Troeadog'

Y gath mi rydd frath:
Mae hi yn gynffonog, gronog,
Croeniog, ffroeniog, dihoeniog;
Mae hi ar ei cholyn yn un rholyn,
Yn watsio, ac yn catsio llygod yn llu;
A'r llygod yn llu a redant o'r tŷ
Pan welant hwy hi.

Mae hi yn chwilotog llygotog,
Gan chwilota o'r naill dwll i'r llall,
Ac o'r naill dwll i'r llall,
O'r naill gornel i'r llall,
Ac o'r corneli i'r cwpwrdd corneli,
Ac ar ôl Neli, ac yn y môr heli
Y bydd diwedd Lowri.

Tipyn mwy byw nag ymdrechion beirdd englynion unodl union y cyfnod!
A sôn am englynion, rhaid dweud nad oes neb arall wedi meistroli'r
englyn pum llinell a'r englyn teirodl i'r graddau y llwyddodd ef:

Englyn i'r dyrnwr mawr

Y dyrnwr mawr, a'i dwrw mawr, – o dan y wawr
    Yn dyrnu ar lawr;
    'Sgubau fydd o'n eu 'sgubo,
    Mi fydd yn dyrnu'n lân,
    Gan nerth power dŵr a thân.

Englyn i'r Milgi

Milgi main ei fera – fe stretchia fel y gara,
    Fe wna ras yn bur hy' ar ôl y pry,
    Gan dreio dal y bras,
    A'r pry'n ei wel'd o'n bur gâs.

Fel y gellid disgwyl, roedd ei ddull o weithio bob dydd yn unigryw hefyd
ac nid oedd yn bosibl i bawb ddygymod â'i athrylith bob amser.

Unwaith yr oedd yn gwerthu cocos ym Mangor, a thyrfa o'i gwmpas, lle bynnag y byddai ni fyddai byth heb gynnulleidfa. Yr oedd rhyw allu attdyniadol yn ei ymddangosiad, a'r tro hwn yr oedd mynd da ar y cocos, a daeth ato lady grand meddai ef, a gofynodd iddo, *Have you got any more? Yes, mam,* meddai yntau. Yr oedd yn ei deall yn iawn meddai, gofyn yr oedd a oedd wedi bod ar y môr, ac yn yr ef wedi bod yn mynd o Borth-y-wrach i Lerpwl mewn slŵp.

Dro arall:

Yr oedd rhyw orchest ynglŷn â phopeth fyddai yn wneud. Yn y cynhaeaf gwair ei brif waith fyddai torri o gwmpas y cloddiau, ac meddai ef mi fyddai yn torri yn y cyfrwy fodd nes byddai y 'peiriant' yn cywilyddio wrth edrych ar ei waith. Tynny'r gribin fawr hefyd oedd yn waith ag y byddai yn ymhyfrydu ynddo, yn neilltuo felly os byddai yn boeth iawn. Os byddai yr amgylchiadau yn y tywydd yn gofyn, byddai yn rhaid iddo fynd i ganlyn y drol (iaith y wlad). Yr oedd yn hollol ofalus o'r wedd, ni welais erioed mo honno yn taflu cilbost, ond byddai ei lwyth yn un rhyfedd, byddai yn mynd i mewn o'i gwmpas, fel erbyn y diwedd, ni fyddai ond prin le iddo sefyll ar ei ben, ond ei daflu i'r das oedd y gamp gan ei fod yn gafael yn ei gilydd, ac yn fynych byddai ei draed ar y fforchiad fyddai yn geisio godi, ond oferedd oedd gofyn iddo frysio, fe ddywedai nad oedd eisiau brysio, na wna hi ddim gwlaw am amser maith, fod yr 'arwyddion' yn iawn, felly gellwch feddwl nad oedd yn boblogaidd fel cartar.

Yr oedd yn un go lew am godi yd i ben y drol os byddai gweithiwr y llwyth yn un lled gall. Unwaith yr oedd yn codi i un lled debig iddo ei hunan, ac mi godod ddwy ysgyb ar unwaith, ond doedd ar y llwythwr eisiau dim ond un, ac fe darawodd y bardd yn ei ben gyda'r llall, ac ar amrantiad yr oedd y bardd wedi talu'n ôl, a lluchio ysgubau y buont at ei gilydd nes y daeth rhywun yno i gyfryngu a gosod y bardd i wneud gwaith arall.

I ddyn oedd yn byw oddi ar ffrwythau'r llanw a thrai ac yn agos at bridd y tir yn ogystal, roedd darllen arwyddion y tywydd yn bwysig iddo ac, unwaith eto, roedd ganddo ei ddull ei hun o gofio'r rheiny. Cyn dod at y gerdd honno, mae'n werth darllen ei sylwadau ar y cymylau:

Cân Newydd ar Destyn yr Awyrgylch

Mae'r cymylau'n ddu
Goruwch y llu,
Ac weithiau'n wyn

Goruwch y llyn.
Mae arnynt olwg wibiog,
A rhai'n dripiog;
Mae nhw'n gwibio
O'r naill bwynt i'r llall,
A rhai yn haner call;
Mae nhw weithiau fel caea
Y nos a'r boreua
Gan guddio dysgleirdeb yr awyr las
Sydd goruwch daear las fras;
Mae arnynt olwg, weithia olwg
Fel mynyddoedd goruwch y nodd,
Mae arnynt weithiau olwg 'sgyrthiog
A sgarthiog ac yn llwythog;
Mae arnynt weithiau arwydd coch
Goruwch lot o foch;
Mae arnynt olwg melyn,
A rhai yn canu y delyn,
A rhai yn tori celyn,
Ac yn curo y gelyn.

Cyfarwyddyd o'r Arwyddion Amserol

(Ni chaniateir ail argraffu y gwaith hwn heb ganiatad yr Awdur)

Ni ddysgais i rioed mo'r *navigation* yn fy oes. Mae deall arwyddion y tywydd o naturiaeth y teulu. Ni ddealltodd neb erioed y tywydd yn gywrant. Trugaredd a barn, neu buasa yn bosib ei ddeall yn gywrant. Pe buaswn ar y ddaear am gan mlynedd eto, ni ddealltwn mo'r tywydd yn gywrant. Pe daswn hefo'r tywydd o hyd mi f'aswn yn dallt yn well. Mi fum yn colli yr arwyddion ganwaith efo gormod o waith, trwy ddim yn edrych arnynt. Deall a chofio, mentar a *guess* yn yr arwyddion. Ac os na welir hwynt does dim ond rhoi *guess*. Mae'n hawdd iawn dweyd gormod neu rhy fychan am y tywydd, heb gysidro y gair cyn ei ddeyd.

Rwy' wedi bod yn cario pesgwyn am saithtymor ar ugain gauaf, heb gael gwlychu dim un sachaid erioed, heb gyfar erioed dros y drol, ac wedi mentro mwy nag y byddwn yn ddeall weithiau. Rwy wedi guessio i haner awr a chwarter awr i ddadlwytho o flaen gwlaw. Pobl sy'n gwybod leia' a wêl fwya' o fai. Ni che's i ysgol ddyddiol erioed yn fy oes.

Mae'r dŵr yn codi o'r môr yn beipiau i'r cymylau, Y tywydd
taranau yn afiach os na bydd taranau i'w glirio, trwy ei fod yn clauaru
ac yn oeri ddwy waith yn y dydd.

Fe symudodd y ddaear ers deng mlynedd ar ugain, yn amser y
ddaeargryn, gan symud rywfaint o droedfeddi i'r Gogledd-orllewin. Fe
ddaeth y ddaear a'r tywydd yn ôl y flwyddyn hon, un fil wyth gant
pedwar ugain namyn un. Hir wlybaniaeth a wnaiff hir sychdwr, a hir
sychdwr a wnaiff hir wlybaniaeth. Sychdwr a gwlybaniaeth yn myned
ar draws eu gilydd. Gwlaw o naw o'r gloch pan fydd hi yn arwyddo i
unarddeg, ac o unarddeg i haner dydd. Gwlaw dri o'r gloch prydnawn
pan fyddo'n arwyddo, pan ddaw yr haul at y gwynt.

Ychydig o'r elfenau trwsgl hyn wedieu crynhoi yn nghyd:-

Os gwelir y lleuad yn newid rhwng dau bwynt,
Arwydd tywydd cry goruwch y lli;
Os gwelir y lleuad yn nofio ar ei chwch,
Arwydd gwlybaniaeth mawr o'r wawr i lawr.

Ac os gwelir y lleuad yn ysgogi at y dwyrain cyn newid,
Arwydd tywydd sych, a rhai yn gwaeddi'n wych.
Ac os gwelir y lleuad ac arni arwydd melen,
Arwydd sychdwr mawr o'r wawr i lawr.

Ac os gwelir y lleuad 'n arwyddo'n fawr o *round*,
Arwydd tywydd da y gaua' a'r ha'.
Gwlaw hefo'r blaen newydd a'r llawn,
Y boreu neu'r prydnawn,

Llanw'r môr hefo'r blaen newydd 'n codi o lan bwygilydd,
Spring tide hefo'r llawn.
Ac os gwelir *ring* gron o gwmpas y lleuad,
Arwydd gwynt a gwlaw, oddiyma ac oddidraw.

Ac os gwelir y *ring* 'run lliw a'r enfys o gwmpas y lleuad,
Rhew a barug.
Ac os gwelir seren yn ymyl y lleuad,
Arwydd tywydd mawr o'r wawr i lawr.

Os gwelir yr haul 'n codi fawr o *round*,
Arwydd tywydd da y gaua' a'r ha'.
Os gwelir yr haul yn goch, arwydd tywydd poeth,
A rhai mewn natur ddoeth.

Os gwelir tywydd poeth,
Fe fydd gofyn prysuro efo'r ddau gynauaf
Ni ddeil o ddim yn hir,
Felly gwell fydd clirio'r tir.

Mae'r haul yn nes i ni y gaea' na'r ha',
A rhai mewn pla.
Ac os gwelir yr haul yn wyn wan,
Tywydd gwan 'rwan ac yn y man.

Os gwelir y ser yn syrthio i lawr ar ôl tywydd mawr,
Arwydd arafwch yn y tywydd.
Ac os gwelir hi yn troi o'r gwlaw i'r eira,
Arwydd tywydd sych oer.

Os gwelir cochni mawr o gwmpas y pedwar pwynt,
Arwydda rew ac eira.
Ac os gwelir y bwa cyfamod yn isel at lawr,
Arwydd tywydd mawr o'r wawr i lawr.

Ac os gwelir o'n uchel,
Ambell i gafod a thywydd teg.
Ac os gwelir y ci dryghin,
Arwydd tywydd mawr o'r wawr i lawr.

Ac os gwelir yr awyr draeth,
Gwlaw'n fuan.
Ac os gwelir yr arwydd coch *flash*,
Gwlaw'n fuan.

Ac os gwelir yr arwydd coch mawr
Mewn un pwynt,
Arwydd storom fawr,
Ac yn dal yn gry goruwch y lli.

Ac os gwelir cymylau gwynion sgarpiog,
A'r cymylau llwydion,
Gwynt a gwlaw
Oddiyma ac oddidraw.

Ac os gwelir y barug
Yn dal am dri borau,
Fe ddeil am rai diwrnodiau
Heb wlawio ar ein penau.

Ac os gwelir y rhwd a'r niwl,
Arwydd o flaen gwres,
Niwl y gaua', gwlaw, niwl gwanwyn, gwynt,
Niwl ha', tes a gwlaw.

Os gwelir goleuni y gogledd ar ymddangos,
Arwydd sychdwr mawr, o'r wawr i lawr,
Os gwelir y planedau 'n myn'd i lawr yn fflam dân,
Arwydd arafwch yn y tywydd.

Ac os gwelir y tywydd taranau yn y tywydd braf,
Troi yn dywydd gwyllt.
Ac os gwelir y taranau yn y tywydd mawr,
Arwydd settliad tywydd.

Ac os gwelir y cymylau
Yn myn'd yn groes i'r gwynt,
Arwydd tywydd mawr
O'r wawr i lawr.

Ac os gwelir y gwynt
Yn setlo yn un fan,
Arwydd tywydd da
Y gaua' a'r ha'.

Mae Alaw Ceris yn graff iawn wrth nodi mai 'odl oedd ei gynghanedd' ac na wyddai ddim am gorfan nac am hyd na nifer llinellau. Waeth faint o acenion na sillafau fyddai ynddynt, roedd pob pennill yr un fath iddo ef. Rhywbeth i'w wneud gyda cherddediad y mul a dynnai ei drol, efallai. Ond ar yr un pryd, roedd ganddo gof rhyfeddol:

efe ei hunan ddywedodd y cyfan wrthyf, ac yr oedd ei gof yn berffaith, gallai adrodd ei holl waith o'i gof. Nid oedd yn deall gair ar lyfr, a gallai gofio yr hyn fyddai eraill yn ei adrodd yn ei glyw.

Fel baledwyr ei gyfnod, gwelai werth mewn rhoi ei gof llafar ar ddu a gwyn – ac wrth gwrs roedd 'na werth economaidd hefyd o werthu'r cyhoeddiadau hynny mewn ffeiriau a marchnadoedd. Ond roedd y bardd anllythrennog ar drugaredd ambell gnaf o gyfaill ac ambell drwyn o argraffydd wrth gofnodi ei gerddi.

Fel y dywedwyd yr oedd ei gof yn gryf heb ddiffyg arno. Pan fyddai arno eisiau argraffu cân byddai yn mynd at rai o'i gydnabod i gael ei hysgrifenu i'w chael i'r wasg. Unwaith fe aeth at Ioan Maldwyn (yr hwn oedd yn fardd o fri) gyda cheseiliad o bapur, papur oedd ei fam wedi ei gael am de. Wel John, meddai, dyma fi wedi dod yma i gael ysgrifenu cân neu ddwy i fynd i'r printar, nei di rhoi nhw i lawr imi? Gwnaf Shôn, medda Ioan Maldwyn, gan gymeryd y papur oddiarno a dechreu ar y gwaith – y Bardd yn adrodd a'r llall yn strocio i lawr ac i fynu, pydra arni Shôn meddai, a Shôn yn bytheirio geiriau fel arwerthwr nes yr oedd y papur yn llawn. Ond nid oedd yno yr un lythyren, dim ond rhywbeth fel hyn ⌇⌇⌇ . Tranoeth fe aeth y Bardd a hwy i Fangor at yr argraffydd. Meddai hwnnw, pan welodd hwynt, nid oes yma yr un gair, fedrai wneud dim a pheth fel hyn. O, medda'r Bardd, yr oeddwn ni'n meddwl mai fel yna basa hi, fy ngwaith i sydd yn rhy ddwfn i chi ei ddeall, tydach chi ddim yn dallt yr iaith wreiddiol, ac oddiyno yr aeth gan feddwl yn uwch o hono ei hunan, a'r dydd canlynol fe aeth i Gaernarfon at argraffydd arall, un ag yr oedd rhywun wedi dweud wrtho oedd yn deall digon ar yr iaith wreiddiol i ddeall yr ysgrifen, ond wedi i hwnnw weled yr ysgrifen yr oedd o'r un feddwl a'r argraffydd ym Mangor, ond fe allodd hwnnw ei argyhoeddi nad oedd ar y papurau yr un lythyren, ac yn ôl daeth yr hen Fardd wedi cynddeiriogi, a golwg dychrynllyd fyddai arno pan mewn tymer ddrwg, a bu raid i Ioan Maldwyn gadw ei hun o'i olwg am fisoedd.

Gallai golygydd uniongred ddifetha athrylith yr unigolyn hefyd, yn ôl tystiolaeth Alaw Ceris:

Pan y byddai wedi cyfansoddi cân byddai yn ei ffrintio ac yn myned i'r ffeiriau a'r marchnadoedd i'w gwerthu, felly nid yw y Llyfr ond casgliad o'r hyn oedd wedi ei argraffu o'r blaen, ac nid yw yr oll o'i ganeuon ynddo. Y mae marwnad John Phillips yn absennol, yr hon sydd yn dechreu yr un ffunud a'r hen fardd –

Mae galar mawr trwy holl ardaloedd Cymru
Ac ardal Bangor, dinas Prydain mewn bro,
Fe gofir hyn ar lawer tro.
Mae'n cyfaill heddyw'n gorffwyso
Yn y pridd a'r gro
Fedar o ddim rhoddi tro.

Fe adroddodd y gân i mi cyn ei hargraffu, ac fel yna yr oedd yn ei dechreu. Byddai yr argraffydd yn gwneud cyfnewidiadau yn aml yn ei waith, gan feddwl y byddai yn ei wella, ond ei waethygu yr oedd. Nis gallai neb wella y bardd. Wrth geisio ei wella yr oedd yn mynd yn fwy tebig i waith dyn arall, ac felly nid oedd yn neb.

Yn ôl ei gofiannydd hefyd, ei weithiau cynharaf oedd 'Rhyfel Rwsia' a'r 'Royal Charter'. Dyma destunau cyfarwydd baledwyr yr oes ond gwahanol iawn yw ymdriniaeth y Bardd Cocos o'r testunau hyn i'r rhigymwyr pen-ffair arferol.

Rhyfel Rwssia

Yr oedd rhyfel fawr a blin
O'n blaenau ni;
Yr oedd trwst ei helfenau hi
Yn crynu y trigolion
Drwodd draw ar bob llaw
Gan brysur bresio'r gwyr
I ddanfon eu cyrph ar eu taith
I wlad y dwyrain gogledd faith,

Ac yno byddant hwy yn gorphwys
Yn ngwaelodion llwch y llawr
Dros amser mawr:
Roedd yno dwrw a tharo
A therfysg drwodd draw ar bob llaw,
A rhai a gawsant fraw ar bob llaw
Yn handlo'r bwlets plwm
A'r powdwr poeth
Mewn natur ddoeth.
Yr oedd y gwyr yno
Yn handlio y cleddyfau dur,
Drwodd draw ar bob llaw
A'r gwaed yn lli o'n deutu:
Yr oedd swn sgrechfeydd a gruddfanau
Ein cyd-greaduriaid yn y manau
Yn ddigon a hollti calonau yn ddwy,
Yr oedd hyn yn gryn glwy.
Yr oedd yno wyr meirch
Yn carlamu ac yn llamu
Drwodd draw ar bob llaw,
A rhai a gawsant fraw.

Cawsant hwy y Rwssia fawr
Gwrdd ar faes y gwaed,
Nes eu tori yn llwyr i'r llawr,
Gan y Ffrancod a milwyr dewrion Prydain Fawr.
Fe dorodd y wawr,
Fe ddaeth Sepastopol i lawr.
Fe ddioddefodd y werin, druain, lawer o wasgfeuon
Cyn toriad gwawr
A chodwm Sepastopol fawr,
A'r ffarmwrs yn gwichian ac yn gwychu
Gan yru yn eu cerbydau ar ffrwst
A thrwst i'r marchnadoedd,
Gan obeithio y parhâi
Y rhyfel gwpwl o flynyddoedd,
Chwedyn fe dorodd y wawr,
Fe dorodd y rhyfel fawr.
Hwynt hwy a gawsant siomedigaeth fawr.

Cawsant hwy y Ffrancod
A milwyr Prydain braf o'r bru
Ddyfod adre' am fyr dro.
Bydd llawer coffa am hyn
Ar lawer bro a bryn.

Royal Charter
(Mesur Tôn: 'Rhwng Trymder a Buan')

Y Royal Charter scriw steamer oedd hi,
A startiodd ddeuddegfed o Awst,
O Melbourne, porthladd Australia faith;
Prysurai'r haul i'w wely llaith.

Llong odidog oedd hi, yn hwylio'n gyflym,
Dros y dŵr yn ddigon siŵr,
Mi roedd tyrfa fawr o drigolion tre a gwlad,
Nid oedd ein cydgreaduriaid yn meddwl am y fath frad.

A gawsant hwy ar gwr gwlad Ynys Môn
Wedi bod yn ngwlad yr Aur,
Yn gwneud ffortuwn
O berlau'r aur pur, fel y dur oedd gan y gwŷr.

Y Royal Charter droes i mewn i borthladd Cork,
Fe laniwyd yno unarddeg o'n cydgreaduriaid;
Trugaredd yr Iôr oedd cadw hyn o'n cydgreaduriaid
Rhag myn'd i'r môr, yn un côr.

Fe gychwynodd a startiodd o borthladd Cork,
Yn Liverpool yr oedd i fod,
Fe brysurodd i rwygo'r eigion,
A chario'r sgleigion goruwch yr eigion.

Fe'i hyrddiwyd hi'n mlaen
Gan y corwyntoedd a'r gwyntoedd
Trwy'r eigion cenlli cefnfôr glas,
Trwy'r tonau bras.

Mi roedd y Royal Charter wedi dod i rywle
Ar gyfer Moelfre, mi gododd storom fawr arni,
O begwn y gogledd draw!
Mi roedd hyn yn gryn fraw, ar bob llaw.

Gan Captain Taylor, a'r criw, yn bur driw
Ar fwrdd y Royal Charter,
Mi 'r oedd hyn yn gryn fraw
Gan y llongwrs yma a thraw.

Mi 'r oedd y gwynt yn uchel iawn,
A'r cymylau yn dduon iawn,
Mi 'r oedd hi'n wibiog goruwch ben;
Mi 'r oedd twrw'r môr yn un côr!

Fel myrdd o daranau,
Yn gymysgiad â rhuad eigion y weilgi fawr!
Yn groch ei lef,
Mi 'r oedd peirianau y Royal Charter

Ar waith ar hyd y daith.
Fe daflwyd yr angorau i lawr
Cyn iddi fyn'd i lawr i'r eigion mawr:
Fe daflwyd y llian dros y bwrdd, o hwrdd i hwrdd.

Fe laddwyd ac fe glwyfwyd degau, os nad ugeiniau,
Wrth dori y mastys i lawr,
Cyn iddi fyn'd i lawr i'r eigion mawr.
Fe aeth yn ddarnau ac yn ddryllia

Hyd gopa creigiau Moelfra!
Mi foddwyd oddeutu pedwar cant
Rhwng gwŷr a gwragedd a phlant,
Gan fyn'd i waelod pant,

Fe lyncwyd ein cyd-greaduriaid
Gan y tonau llithrig llaith,
Fe gafodd ein cydgreaduriaid wely llaith
Cyn cyraedd pen y daith.

Mi 'r oedd yno lawer mam a thad
Yn wylo dros eu merch a'u mab!
Ni chawsant hwy ddim amser i hidlo dagrau hallt
Yn nghanol y dŵr hallt.

Mi 'r oedd yno blant bychan
Ar fynwesau eu mamau
Yn maflyd naill yn y llall,
Wrth fyn'd i lawr i'r eigion mawr;

Mi 'r oedd hi'n gyfyng arnynt yn awr,
Wrth fyn'd i'r eigion mawr,
Mi 'r oedd swn eu sgrechfeydd
A'u griddfanau yn y manau

Yn ddigon a hollti c'lona yn ddwy.
Mi 'r oedd hyn yn gryn glwy drwy'r holl blwy,
Mi wnaeth yr angau du ei orchwyl ar y llu,
Yn nghanol y storom ddu!

Gan wynebu y siwrna faith,
I dragwyddoldeb maith!
I roddi cyfrif manwl
I'r Barnwr doeth yn bur noeth.

Mi foddwyd un dyn mewn canllath i dŷ ei dad
Ar fwrdd y Royal Charter!
Nid oedd o'n meddwl fawr am y fath frad,
Boddi ar gwr ei wlad, mewn canllath i dŷ ei dad!

Fe safiwyd 30 o'r criw yn bur driw,
Drwy un llongwr bychan dewr calonog
Oedd ar fwrdd y Royal Charter,
Fe rwymodd raff yn bur saff,

Fe gychwynodd ac fe nofiodd
Hyd wyneb eigion y weilgi fawr,
Mi 'r oedd hi'n gyfyng arno yn yr awr,
Yn cael ei luchio i fyny ac i lawr,

Hyd frigau y tonau mawr, ar bob munud awr,
Fe nofiodd, ac a stofiodd i'r lan yn y man yn lled wan,
Fe rwymasant y rhaff yn bur saff
Am y graig i safio 30 o'r criw yn bur driw.

Mi 'r oedd yno gôr hyd lan y môr
Yn ysbeilio ac yn treulio.
Mi 'r oedd yno geidwad cry rhag y llu
O filwyr arfog barfog,

Trwm yw dyweyd hyn ar goedd,
Mi 'r oedd cyrff ein cyd-greaduriaid
I'w cael yn hael yn ddarnau ac yn ddrylliau
Hyd lanau moroedd y porthladdoedd.

Fe olchwyd aml gorffyn gwan i'r lan
Yn gelaneddau wedi derbyn loes a chlwy.
Roedd sobrwydd trwy bob gwlad
Wrth feddwl am y fath frad,

A gawsai ein cyd-greaduriaid ar gwr ynys Môn
A chario cyrff ein cyd-greaduriaid
O hyd glanau moroedd y porthladdoedd,
I'r mynwentydd breision gleision;

A'u claddu yn eigion dyfnder daear ddu!
Yn ymborth i'r pryfaid sydd yn ysu
Yn eigion dyfnder daear ddu:
Ac yno y gorweddant yn dawel ar bob awel

Yn ngwaelodion llwch y llawr,
Hyd ganiad udgorn y dydd mawr,
Bydd rhyw lu mawr o blant Adda
Yn adgyfodi o waelodion llwch y llawr,
Ar ôl bod yn y storom fawr.

Enwau y Cymru oedd ar ei bwrdd:
   T. Jones a W. Davies, Caernarfon;
   G. Jones a J. Rees, Nefyn;
   W. Hughes, Amlwch;
   H. Williams, Cemaes; J.Jones, Caergybi;
   Isaac Griffith, Moelfra

Diddorol yw sylwi ei fod yn galw gweddill y ddynoliaeth yn 'gydgreaduriaid' ac mae ganddo sawl epigram gwerth cnoi cil arno: 'Pobl sy'n gwybod leia wêl fwya o fai'. Cynghanedd hyd yn oed! Sylwodd Alaw Ceris hefyd ar hynodrwydd ei ddull o feddwl a'i ddull o saernïo'i gerddi:

Y mae ei ddull o feddwl yn dod i'r golwg yn amlwg yn ei ganeuon (os caneuon hefyd). Meddyliwch am dano yn ei ddarluniad o'r teithwyr ar fwrdd y 'Royal Charter' –

Rhai hyd yr yardia
A'r lleill yn chwara cardia.

Rhai yn bryderus am ddiangfa a'r lleill yn meddwl dim am hynny. Yr
oedd yn ystyried 'Royal Charter Fawr', fel y byddai yn ei galw, yn
orchestwaith ei oes. Yr oedd y dylanwad pan y byddai yn ei chanu yn
anorchfygol. Yr oedd ganddo dri mesur arni, 'mesur trymder', 'mesur
rhwng trymder a buan', a'r 'mesur mawr'. Un tro yr oedd yn Sasiwn
Bangor a Hugh Jones, Llanerchymedd, Doctor Hugh Jones wedi
hynny, yn pregethu, a phregethwr oedd Hugh Jones heb ei fath, a'r tro
hwnw yr oedd wedi cyraedd pwynt uchel cyn diweddu. Dranoeth
dwedodd yr hen fardd wrthyf y bu agos iawn iddo daro y 'Royal
Charter Fawr' ar y mesur trymaf, ar ddiwedd y bregeth, a phe buasai
wedi gwneud y buasai y miloedd oedd yno wedi gwallgofi i gyd, ac na
buasai digon o le yn holl wallgofdai y wlad iddynt. I ben pwy y buasai
syniad fel yna yn dod ond i ben yr hen fardd.

Dyma gerdd faledol ei thestun eto yn adlewyrchu twf technoleg a
pheirianneg y cyfnod, ond unigryw eto yw ymdriniaeth bardd y drol a'r
mul:

Cân Newydd ar Fawredd y Great Eastern
(Mesur – Rhwng Trymder a Buan)

Fe adeiladwyd llong fawr
A'i henw hi yn Great Eastern,
O waith y seiri, yn aneiri,
Yn naddu coed, yn ddioed,
Cyn myn'd dros ei hoed yn ddioed;
O waith y boiler makers,
A rhai wedi troi yn Quakers,
O waith yr Engineers.

A rhai yn gwaeddi *My dears*,
Fe'i lansiwyd oddiar y blocia,
A rhai yn gwisgo clocsia;
Ie, daeth i borthladd Caergybi,
Roedd yno ryfeddod fawr,
Gwel'd y Great Eastern fawr
Yn nofio yr eigion mawr,
Roedd ei chwmpeini yn bur heini.

Yn y goleuni,
Yn derbyn y pres yn rhes,
Fel graian glan y môr;
A rhai yn canu yn un côr
Ar fin glan y môr.
A'r llongau bychain buan
Yn cario aml i druan
I fwrdd y Great Eastern fawr.

Roedd hyn yn rhyfeddod fawr,
Gwel'd y Great Eastern fawr
Yn nofio yr eigion mawr.
Mae hi yn cario deg o angorion,
A rhai yn gantorion;
Mae ynddi bedair dec,
Os paid hi a myn'd yn glec,
Mae power tair mil at yr hil,

O gyffyla yn dryla
Yn ei pheiriana,
Mewn rhana.
A'i holwynion mewn cwynion
Yn chwipio troi;
A rhai yn cyffroi,
Gan droelli yr eigion mawr,
A chario 'sgleigion mawr

A bach goruwch yr eigion mawr.
Mae hyn yn rhyfeddod fawr;
A'r scriw sydd yn ei gyru
Yn bur driw.
Mae'n cario chwe mast,
A rhai'n yn bur ffast,
Ac aml un wedi cael cast
Wrth fyned i ben y mast
Yn rhy ffast.
Mae hi yn llawn rhaffa.
A rhai am y craffa,
Ac am y saffa yn trin rhaffa.
Mae hi yn llawn llian,
A rhai yn pobi'r graian;

Mae hi yn cario chwech o yardia,
A rhai yn chware'r cardia.

Mae hi yn cario chwe corn,
Mi aiff round yr horn;
Ac aml un yn canu yn y corn;
Mae Capten ar y bwrdd ar lawer hwrdd;

A mates yn bur neats,
A rhai yn curo'r plets,
Mi gariff anferth lwyth,
A rhai yn taro pwyth.

Mi hwyliff bymtheg milldir
Yn yr awr,
A 'sgleigion mawr a bach
Yn rhyfeddu'n fawr uwchben
Yr eigion mawr.
Mae hyn yn rhyfeddod fawr,
Fe brysura i ben ei siwrna
A chario'r twrna.

Ar gof gwlad bellach, mae'r Bardd Cocos yn cael ei gofio fel awdur y
pytiau rhigymllyd sy'n llawn o wirionedd ynfyd, megis:

Mae Marquis o Anglse yn eitha dyn,
Bu'n ymladd Bonepart ei hun;
Yn Waterloo fe gollodd ei glun,
Tase fo'n colli'r llall mi fase heb yr un.

Mae'r un math o ddiniweidrwydd yn y llinellau a ganlyn o'i waith yn ei
feddargraff i'w dad:

Hen wr oedd fy nhad yn byw yn y Borth
Yn gyru cwch ar hyd y dwr
Er mwyn i mam a mi gael torth.
Ond heno mae o'n huno'n hynod
Hefo'r graian a'r cacynod,
Afiechyd oedd ei waeledd
A marw wnaeth o'r diwedd.

Canodd yr un bardd fel hyn i bont Cadnant:

Pont Cadnant yn y pant – hi ddeil
Gant o wragedd a phlant,
O gerig nadd o bob gradd,
Gan weithwyr cywrain o'r dwyrain,
Gan gario lon bost ar y coast,
A thros y dwr heb ddim stwr.

Dro arall canodd fel hyn i hen wrach chwedleugar o'r enw Sian William
oedd yn dân ar ei groen:

Sian William filain felen fall,
Eitha' gwraig i ddyn dall,
Yn hel straeon ar hwn a'r llall,
Yn cario crystiau ar Dyddyn Mostyn
I'r mochyn nes ydi o'n 'mestyn
Ar dir Tyddyn Mostyn.

Ac wrth gwrs, ef biau'r orchestwaith i'r llewod sydd ddeupen Pont
Britannia:

Pedwar llew tew
Heb ddim blew,
Dau yr ochor yma
A dau yr ochor drew.

Difyr yw cofnodi cyfieithiad y Parch. T. Charles Williams o'r pennill, gan
ei fod wedi dal ysbryd y gwreiddiol:

Four fat lions
Without any hair,
Two over here
And two over there

Dyma bennill arall i Ardalydd Môn ar ben y golofn:

Marquis of Anglesea yn ddifraw
A'i gledda yn ei law,
Fedar o ddim newid llaw
Pan fydd hi'n bwrw glaw.

Mae'n rhaid fod ei grwydriadau yn ôl ac ymlaen ar hyd glannau Menai
wedi cael argraff ddofn arno. Mae cysgod Twr Marquis yn amlwg iawn ar
ei awen:

Tŵr Marquis

Gwaith y creigiwrs cywraint
Yn codir meini o'u sylfeini
I'w rhoddi i'r seiri meini
I'w rhoddi yn sylfeini'r tŵr,
Yn ddigon siŵr,
A'i sylfaen sy'n gadarn ar stol y graig,
A'i fur sydd o'r cerig nâdd,
Ar y gradd o bob gradd.
Roedd yno seiri,
A rhei'ny'n gewri,
Yn naddu coed yn ddioed
Cyn myn'd dros eu hoed,
Yn adeiladu'r stages,
A rhai yn curo'r wedges,
Rhai hefo'r winches,
Rhai hefo'r pinches
Yn hoistio'r monument i dop y tŵr,
Yn ddigon siŵr,
A'r monument sy'n ddigon siŵr
Ar dop y tŵr.
Mae o'n ddwy dunell o bwysau
Ar yr hyn a sa'.
Mae o'n ei fotiwn stand at ease,
A'i fotiwns i'r De yn ei le,
A'i gledda yn ei law,
Tra bo hi'n brysur yn bwrw gwlaw.
Ni fedr o ddim newid llaw
Ddim mwy na syrthio i'r baw.
Darlun ydi o yn ddigon siŵr
O'r gŵr a'r dop y tŵr.
Fe fydd coffadwriaeth
Am y gŵr ar dop y tŵr
O oes i oes, o genedl i genedl,
Naill ar ôl y llall
Dros oesoedd maith y byd,
Tra byddwn yn gorphwys mewn lle clyd.
Fe fu yn mattle Waterloo
Yn marchogaeth ar ei farch,
Roedd o'n haeddu cwrs o barch,
Cyn myn'd i orphwys ar waelod arch.

Roedd yno wŷr meirch
'N carlamu ac yn llamu
Drwodd draw ar bob llaw,
A rhai a gawsant fraw.
Roedd o yno yn nhwrf fifes and drum,
A rhai yn yfed rum,
Y'mysg y bullets plwm,
A'r powdwr poeth, mewn natur ddoeth.
Fe wnaeth law lân,
Fel tori eda wlan.
Fe dorodd y ranks,
A rhai yn y stanks.
Fe dorwyd ei goes,
Roedd hyn yn gryn loes,
Digon a gwneyd i ddyn syrthio i'r ffos
Fe ymladdodd ei bart
Yn bur hart hefo Bonaparte,
Nes cario'r dydd a myn'd yn rhydd,
Ar oriau canol dydd.
Fe ddaeth dros afon Menai ar ei genau,
Fe dynasant ei goach hyd y ffordd bost,
Heb hidio mo'r gost,
Gan fyned i'r Plasnewydd,
Roedd yno gwrs o newydd,
Wedi'r pen milwr dewr calonog
Dd'od yn ôl o'r rhyfel enbyd lu.
Wedi bod yn ymladd yn erbyn llu.
Roedd o'n wr parchedig gweledig
Yn y brifddinas, yn nhre'r frenines,
'N cael ei barchu i fyny ac i lawr
Gan y gwŷr mawr.
Roedd o'n haeddu clod
Cyn troiad y rhod.
Coffadwriaeth am y gŵr ddigon siŵr.
Clod iddo trwy'r holl wledydd,
Ar ganiad yr hedydd.

Mae cerflun rhyw dderyn wedi'i ysbrydoli hefyd a gallai, yn ogystal, ddychmygu'r deyrnged y byddai ei ddilynwyr ffyddlon am ei chofnodi ar ei gofeb ef ei hun:

Llun y Deryn Melyn

Mae o yn fyrach na thelyn – a'i wddw'n gam
Ni fedr o deimlo ddim cam;
Ei esgyll ar led,
Nid ydy' o'n sefyll mewn dim dyled.
Mae o'n sefyll ar ei draed,
Nid oes ynddo ddim dropyn o waed.

Englyn i'r Gofgolofn

Fe fyddont yn meddwl am waith
Pan fydda'i 'n gorphwys yn y ddaear laith,
Am amser maith,
O dan y gofgolofn fawr fawreddog,
A fy llun a fy nhraed
Wedi bod yn ymladd yn erbyn aed
'D at y gwaed.

Cafodd emynyddiaeth y cyfnod fymryn o ddylanwad arno yn ogystal:

Ni bechaduriaid aflan du,
Gobeithio cawn ein golchi'n wyn
Cyn mynd i'r glyn,
Bydd hyn yn fattar pur syn.

Os dôi pennill dychan i'w glustiau, nid oedd yn fyr o daro'n ôl:

Owain Llwyfo i'r Bardd Tysilio

Du aerion yw dy eiriau,
A phen denau
A glastwr goruwch dy glustiau.

Atebiad gan y Bardd

Y prydydd breidin
A'r awen dew yn berwi o'i din
Mewn natur flin,
Wyt ti ddim yn fardd,
Ond dy fod yn fardd baw
Islaw pob baw,
Ond bod gen'ti awen fer
I ddal her oddeutu'r wer.

A phan dderbyniai fawl, talai'r pwyth hwnnw yn ôl yn ogystal:

Englyn o waith Bardd Ty'nclwt

Oes helaeth i'r bardd Tysilio,
Arddel ei urddas a wnelo,
Hel y beirdd o'i ôl y bo,
A'r goron myned gario.

Englyn o waith yr Archfardd

Mae bardd Ty'nclwt yn un twt
Am ganu pwt yn Nhy'nyclwt;
Ni hidiai fo ddim taith
A chanu mewn dwy iaith
Wrth deithio'r ddaear laith faith ar daith,
Cyn myn'd i orphwys i'r llety
Llaith am amser maith.

Eto

Crachod yn codi â'u gwrychoedd
Ac yn troi yn frychoed,
Yr hen grybychoed,
Fe fyddai'n ffitiach 'u gyru nhw
I orwedd at y rhychod.

Mae cydnabyddiaeth eisteddfodol yn bwysig i bob bardd – hyd yn oed y
rhai nad ydynt â'u bryd ar gystadlu, ac yn ôl y dystiolaeth sydd ar gael,
roedd y Bardd Cocos yn eisteddfotwr selog ac yn boblogaidd iawn gan y
dyrfa pan gâi ei alw i ddweud ei ddweud:

Yr oedd yn un o brif gefnogwyr yr Eisteddfod, os oedd presenoldeb yn
brawf o hynny, byddai yn bresennol ym mhob un ym Môn ac Arfon, a
byddai yn cael cymmaint o sylw a phe buasai yn brif fardd y byd, ond
o bosibl y byddai y sylw o natur wahanol. Byddai yn fynych yn cael ei
alw i'r llwyfan, ac os na byddent yn ei wahodd, fe ai yno heb i wadd.
Mi gwelais yn Eisteddfod y Borth yn mynd i fyny ar waethaf rhai o'r
pwyllgor, a chafodd gymeradwyaeth mawr gan y gynulleidfa. Byddent
yn aml yn ceisio ganddo wneud englyn i'r llywydd, neu i'r arweinydd.
Unwaith fe ofynwyd iddo wneud englyn i'r arweinydd, a Mynyddog
oedd yr arweinydd hwnnw (a'r cyfnod hwnnw yr oedd Mynyddog yn
ysgrifenu i'r 'Genedl Gymreig' dan yr enw y 'dyn a'r baich drain'), a
dyma beth ddwedodd y Bardd ar unwaith –

Y dyn a'r baich drain,
Yn llewys ei grys main,
Wedi bod yn nhy nain
Yn lladd chwain.

Gellwch feddwl beth oedd yr effaith ar y rhai oedd yn gwrandaw. Dro
arall yn Eisteddfod Caergybi fe ofynwyd iddo wneud englyn i'r
llywydd, a dyma ddwedodd yn hollol ddifyfyr –

Morgan Lloyd, yn ddioed,
Ddaeth o Lundan ar ei ddau droed
Bob cam . . .

Yn 1860 neu 1861, nid wy'n siŵr o'r dyddiadau, ond yr wyf yn siŵr
o'r ffeithiau, fe aeth i Eisteddfod Caernarfon, a buan y daeth i sylw
yno, fel byddai yn dod i sylw ym mhob man, a bu raid iddo fynd ar y
llwyfan, ond doedd dim llawer o drafferth i'w gael i'r fan hono, a
chyfarchwyd ef a'r englyn canlynol –

Hir oes i'r bardd Tysilio – arddel
    Ei urddas a wnelo,
Hel y beirdd o'i ôl y bo
A'r goron myned gario.

Ac attebodd yr hen fardd ar darawiad fel hyn –

Chwi feirdd mawr,
Yn y Steddfod fawr,
Tydw i ond llwch y llawr
I chwi feirdd mawr.

Derbyniwyd yr englyn gyda tharanau o gymeradwyaeth, ac yr oeddynt
yn dweud na chlywsant erioed englyn tebig iddo (a ni chlywodd neb
arall o ran hynny) a'r diwedd fu iddo ddod adref wedi ei lwyr
argyhoeddi ei fod yn fardd mewn gwirionedd.

Mae'n anodd peidio â chredu nad oedd rhywfaint o goegni yn y
gymeradwyaeth – ac mae hynny braidd yn eironig o gofio am 'feirdd
mawr y Steddfod fawr' bryd hynny. Dyma'r hanes yn llawn gan Alaw
Ceris:

Ar derfyn Eisteddfod yng Nghaernarfon fe gaed arwest yng Nghastell
Dolbadarn, a dyna lle gwnaed ef yn Archfardd. Yr oedd yno liaws o
wir feirdd, y rhai erbyn hyn sydd wedi rhodio'r llwybr tywyll. Y peth

cyntaf wnaed oedd ei urddo yn Archfardd Cocysaidd Tywysogol, yna fe'i arwisgwyd a'r dillad rhyfeddaf a welodd neb erioed, côt fawr o frethyn tywyll o'r defnydd tewaf, yr oedd yn dewach na chloth ceffyl, yn cyraedd agos at ei draed. Wrth ei fod ychydig yn warog yr oedd ei dwy gongl flaen yn taro yn y llawr, ei lodrau yn llydan yn y gwaelod, ac o fewn rhyw dair modfedd i dop ei esgidiau, a sana goleu. Yr oedd ei het o'r un ffurf a phot llaeth ond fod ganddi gantel llydan, a choron o'r tu blaen iddi wedi ei haddurno a nyclis o bob lliwiau, ac yn ôl rheolau yr urdd yr oedd yn rhaid iddo ei gwisgo ymhob Eisteddfod, yn neilltuol felly yn yr Eisteddfod Genedlaethol, a chan byddai'r Eisteddfod Genedlaethol yn cael ei chynnal yn y mis poethaf o'r haf, gellwch feddwl y golwg fyddai arno, ond byddai yn dweud nad oedd y gwres yn effeithio dim arno, gan ei fod yn ddigon cryf, ac nad oedd yr un fath a dyn cyffredin, oherwydd ei fod wedi ei eni i'r gwaith. Yr oedd gwaith yr archfardd meddai yn gyfryw ag fuasai yn gwallgofi unrhyw ddyn lled anghyffredin. Yr oedd yn rhaid iddo astudio a deall gwreiddiau yr iaith Gymraeg ynghyd a'i tharddiad ac i ba raddau yr oedd ieithoedd estronol wedi ei llygru, ac wedi hynny ei chywiro, a dod a hi i'r hyn ydoedd ddwy fil o flynyddoedd yn ôl, ac os byddai angen geiriau newyddion efe oedd y dyn a'r hawl a'r gallu i ddod a hwynt i fodolaeth. Hefyd yr oedd swm aruthrol o arian i ddod iddo yn flynyddol am y gwaith, mwy o lawer na chyflog yr un Esgob yng Nghymru a chan nad oedd yr un ag oedd yn deilwng i fod yn y swydd wedi ymddangos er amser Harri'r VIII, yr oedd'y swm wedi mynd yn anamgyffredadwy, ac yr oedd y cyfan i ddod iddo ar unwaith, llwyth *special train*, a bu yn eu disgwyl am flynyddoedd. Peth hollol resymol i ddyn fydd yn darllen ei hanes (os bydd yna ddarllenydd hefyd) fydd gofyn pa fodd yr oedd dyn oedd yn gwybod ei ffordd adref, ac yn adnabod tai ei gymdogion yn credu peth o'r fath. Yr oedd yn hollol naturiol iddo wneud, gan ei fod o gyffelyb gyneddfau meddyliol. Yr oedd ganddo ewyllus gref a dychymyg eang, ond nid oedd ei reswm yn gyfartal, a naw o bob deg o'r rhai oedd yn ymddiddan ag ef yn llenwi ei feddwl a phethau o'r fath. Parsoniaid, Pregethwyr, Beirdd, Llenorion a Gwleidyddwyr. Pwy na fuasai yn credu pethau mor ddymunol, a dyna oedd yn rhyfedd y bobl fwyaf dysgedig a thalentog fyddai yn cael mwyaf o bleser yn ei gwmni. Fe ddywed llawer un mai gwaith anheilwng ar ran dynion da, duwiol a dysgedig oedd perswadio dyn i gredu pethau o'r fath. Wel wn i ddim, fuasai gen i ddim gwrthwynebiad iddynt geisio a llwyddo i fy mherswadio yw credu, os cawswn gymmaint o bleser ag a fyddai yr hen fardd yn gael. Er ei fod yn dlawd ac yn anysgedig yr oedd yno bethau gogoneddus i'w gyfarfod hyd ddiwedd ei oes, ac ar ôl hynny hefyd. Byddai bob amser yn llawn hwyl yn y mwynhad o'i bethau dychmygol.

Un o'r pethau dychmygol a roddodd lawer o fodd i fyw i'r Bardd Cocos oedd ei garwriaeth gyda'r Frenhines Victoria, a hithau'n weddw. Mae'r hanes hwn, ynghyd â'i fawlgan i'r Prins o' Wêls ar achlysur ei briodas, yn glo gweddus ar goffadwriaeth yr hen fachgen:

Byddai yn dweud yn aml ei fod yntau yn bechadur mawr, ond y pechod mwyaf yr oedd ef yn euog o honno oedd byw yn hen lanc. Yr oedd felly yn ôl bob tebig yn amddifadu Cymru o Archfardd ar ôl iddo ef ymadael â'r byd. Yr oedd priodi wedi cael cryn le yn ei feddwl am o leiaf y deugain mlynedd diweddaf o'i oes. Yr hyn fu yn achlysur iddo beidio priodi pan yn ieuanc oedd ei fam. Yr oedd hi yn byw gydag ef, ac nid oedd ganddi fodd i fyw yn unman arall, ac yr oedd y dyn heb ei eni meddai ef allsai fyw mewn tŷ bychan gyda dwy ddynes. Buasai eu sŵn yn ddigon o drancedigaeth iddo, felly gan fod amgylchiadau wedi gosod ei fam ac yntau i fyw gyda'i gilydd, a dim golwg am gyfnewidiad hyd yr amser y bydd angau yn dod heibio i alw am un ohonynt, doedd dim i wneud ond byw yn hen lanc. Ond ar ôl llawer o flynyddoedd, fe ddaeth angau heibio, ac fe aeth a'i fam i'w ganlyn, ond erbyn hyn yr oedd y bardd wedi mynd yn archfardd a pheth di-raddiol fuasai i ddyn oedd yn dal swydd mor aruchel briodi geneth dylawd anysgedig, felly yr oedd yn rhaid edrych i fyny am un oedd yn gydradd iddo o ran ei safle gymdeithasol, ac edrych i fyny a wnaeth, dros ben pob un at y Frenhines, yr hon oedd yn weddw, ac yntau yn hen lanc parchus, ac yn ôl ei farn ef ni buasai cynnyg ei hun iddi yn afresymol mewn un modd. Nid oedd erioed wedi cael golwg arni, ond yr oedd wedi clywed lawer gwaith ei bod yn serchog a phrydweddol, dau gymhwyster tra dymunol mewn gwraig, a rhag ofn i rhyw un arall gynnyg arni o'i flaen, yr hyn fuasai yr un peth a hau drain yn ei lwybr, fe benderfynwyd ysgrifennu atti ar unwaith, ac fe aeth at rhyw un i wneud y gorchwyl, ac i Lundain a'r llythyr. Yr oedd wedi cyfansoddi y llythyr yn y modd mwyaf deniadol a serchog meddai ef, fel yr oedd yn anhawdd i unrhyw ferch ei wrthsefyll, ac er mai dyna y tro cyntaf iddo fynegi ei galon ar bapur, cafodd attebiad boddhaol, a hynny yn fuan, yr hyn oedd yn brawf o'i gwybodaeth am dano, ac nad oedd ei lythyr ond yr hyn yr oedd hi yn ei ddisgwyl, a gohebu bu y ddau am amser maith, a phe buasai hi heb gadw ei lythyrau, yn ôl pob tebig fe fuasai yr ohebiaeth wedi terfynu mewn llwyddiant. Ond pa ferch yn caru fuasai yn dinistro llythyrau ei chariad. Y maent oll yn rhy falch ohonynt, a pheth arall, gall y dyn droi yn anffyddlon, a byddai y llythyrau yn hwylus iawn yw bwrw i'w wyneb mewn *breach of promise case*. Ond cadw y llythyrau fu yn achlysur i derfynu carwriaeth y bardd. Nid y Frenhines oedd yr unig ferch oedd yn y Palasdy. Yr oedd yno un arall, Princess Petris fyddai yr hen fardd yn ei galw, ac fe gafodd honno afael yn y llythyrau, ac wrth eu darllen, fe syrthiodd dros ei phen mewn cariad a'r bardd, ac mi ysgrifennodd atto ar y *sly*, chwedl yntau, ac yr oedd ei llythyr wrth ei fodd, a thra o dan ddylanwad y teimlad fe ysgrifennodd atti yn ôl. Ond fe ddaeth y fam i wybod, ac o, yr helynt fu yno. Peth ofnadwy meddai ef yw i ddwy ddynes syrthio mewn cariad a'r un dyn, y maent yn agored i unrhyw beth. Rhag ofn i rhywun feddwl mai dychymig yw yr uchod gallaf eu sicrhau ei fod yn berffaith wirionedd, hynny ydyw, o dŷ y bardd. Byddai yn ysgrifennu i Lundain, a byddai rhywun yn ei atteb, nis gwn pa un a fyddai y llythyrau yn cyrhaedd Llundain ai na fyddent, ac nis gwn pwy fyddai yn ei hatteb, nid y Frenhines na neb yn perthyn iddi. Yr oeddwn yn teimlo y buasai ei hanes yn ddiffygiol heb groniclo yn ôl ei syniad ef un o ddigwyddiadau mwyaf ei oes.

Cân newydd ar briodas y
Prince of Wales
(Mesur – Trymder a Buan)

Mae Prince of Wales wedi priodi
A miloedd heddyw'n byw mewn tlodi;
Gobeithio y ceiff hir oes,
Heb ddyodde'r un loes,

I fyw yn llawen ac yn llon
Efo'i fenw gron,
A handlo ffon, yn bur llon, o don i don,
Cyn rhoddi ffarwel i'r ddaear hon.

Yr oedd y mwstwr yn glwstwr
O'i achos i gyd;
Nid oedd dim achos edrych yn ddig,
Yr oedd llawer yn cael bara a chig.

Yr oedd tre Bangor
Wedi gwisgo o goed a dail,
Ni welir mo ael yr haul,
Yn llawn fflagiau

O bob lliwiau,
A rhai yn myned yn bob lliwiau
Gan boen efo'u briwiau;
Yr oedd yno bawb yn llawen eu lle

Yn y dre', a'r hen wragedd y llon efo'r tê,
A rhai yn gwaeddi hwre yn y dre'.
Yr oedd hyn yn gryn ble,
Yr oedd yno bolyn wedi ei blanu

Ar ei ben yn y cae,
A rhai yn treio tynu ffrae;
Yr oedd yno het a choryn hir
Goruwch y tir,

Ar ben y polyn, a leg o gig!
A rhai yn edrych yn lled ddig,
Naw neu ddeg,
A rhai yn rhoi rheg.

Gan dreio dringo i fyny i ben y polyn
Ar eu colyn,
Y naill ar ysgwyddau'r llall,
Ac yn dynwared yr hen fall.

Fe wnaeth rhyw hen Jack tar
Gryn war,
Fe aeth i ben y polyn yn un rholyn,
Ac fe ddaeth â'r het a'r coryn hir

Goruwch y tir, i lawr yn gawr mawr,
A leg o gig, nid oedd dim achos edrych yn ddig,
Yr oeddynt hwy yn gwaeddi hwre dros yr holl le,
Roedd yno rasus mulod a merlod,

Nid oedd yno neb yn hutio yn yr hen garliod;
Yr oedd yno rasus dynion, a rhai yn llunio
Yr englynion o waith dynion;
Yr oedd yno rasus moch, a rhai yn gwaeddi'n groch,

Rhowch fywyd i'r moch.
Yr oedd yno rai yn bwyta bara chaws,
Bron tori ar eu traws,
Nid oeddwn i fawr haws.

Yr oedd yno rai yn fawr eu twrw
Ac yn yfed cwrw,
Wedi llenwi eu boliau yn rhy drymion i
Fyned i'r trolia bron tori eu bolia.

Fe laddwyd eidion, ac fe'i rhoddwyd yn y wagen,
Nid oedd yno neb yn hidio mewn
Dim un heb agen.
Fe roddwyd unarddeg o geffyla

Yn dryla o'i flaen,
A rhai wedi colli eu graen,
Fe awd a fo drwy'r dre',
Ni fuo erioed ddim mwy o ble

Mewn un lle,
Ac yr oedd yno lawer yn gwaeddi hwre
Yn y dre' gan oleu coelcerthi
O gwmpas llawer man a thre',

A'r hen wragedd wedi cael
Llon'd eu bolia o de.
Gobeithio gwnaiff o lawer o ddaioni
Pan y ceiff o ei goroni.

Un gair doeth arall gan Alaw Ceris wrth drafod y Bardd Cocos a'i waith:

Y dyn pellaf oddiwrtho wêl fwyaf o'r digrifwch sydd yn ei
farddoniaeth, a'r dyn agosaf ato (agosaf o ran gallu meddyliol wyf yn
feddwl) a wêl leiaf ynddo, felly ni bydd neb yn gyfrifol am y mwynhad
na'r siomedigaeth a ddaw i'w ran wrth ei ddarllen, ond gobeithio y
caiff pawb werth ei bres.

Mynwent Eglwys Sant Tysilio ar ynys yn afon Menai

Carreg fedd y Bardd Cocos ar yr ynys

R.O. fel y cofiai D. Tecwyn Lloyd ef

R.O. Ffor Cro

Does wybod beth fyddai barn yr hen R.O. o gael ei gynnwys rhwng cloriau'r un gyfrol â'r Bardd Cocos. Bu Robert Owen, ei enw llawn, farw yn 1951, yn 'hen-ifanc' chwedl D. Tecwyn Lloyd, a drysorodd y cof amdano mewn ysgrif wych iawn yn *Lady Gwladys a Phobl Eraill*. Y Fourcrosses yn Edeirnion oedd ei aelwyd a bardd lleol i'r fro honno ydoedd – er iddo yntau, fel y Bardd Cocos, chwennych lledu ei adenydd yn ehangach na hynny ar y llwyfan cenedlaethol.

Daeth yn bedwerydd allan o ddeuddeg mewn cystadleuaeth yn Eisteddfod Aberteifi yn 1942 a hynny gyda neb llai na Saunders Lewis yn beirniadu. Nid bod yr enw yn golygu llawer i R.O. chwaith, dim ond ei fod wedi dod i'r casgliad fod 'y dyn ene'n gwybod 'i waith'! Ond yn ôl at ei ddyddiau cynnar ar droad y ganrif yn gyntaf a gadawn i'r arch-chwedleuwr ei hun gyflwyno'r cymeriad inni, a'i wahanol 'gyfnodau' rhwng 1903 ac 1946:

Fel yr wyf i yn ei gofio, dyn ysgafn, heini, tenau, canolig o daldra ydoedd. Ar un adeg cyfrifid ef yn bencampwr am ddawnsio'r tobi ar ben bwrdd. Dengys hen lun ohono'n llanc ifanc tua deunaw oed fod ganddo wallt trwchus tonnog a wisgai'n ddigon tebyg i ffasiwn hogiau o'r un oed heddiw, a dengys yr hen lun hwnnw hefyd ei fod yn dipyn o geiliog dandi o ran ei wisg: – gwasgod fraith labed-lydan a giard aur, tei llaes a chlip reit fflash, cyffiau hael a throwsus peipen a sgidiau isel. Llanc am y merched, heb os, hebryngwr a charwr taer a chelfydd. O ran hynny, dyna oedd y gair amdano; nid heb dystiolaeth, yn ôl rhai. Nid o ddewis anorfod y bu fyw'n hen lanc.

Roedd y gwallt trwchus wedi diflannu pan gofiaf i ef yn ei bentŷ ym mhentre Fourcrosses – y 'Ffor Cro' ffugenwol, ac yr oedd y synwyrusrwydd cynnar wedi caledu'n duedd at biwusrwydd temprus, canol oed. Nid nad oedd ganddo lygad reit barod o hyd at y merched ifainc, ond rhyw garu oddi mewn iddo'i hun oedd hi bellach am y teimlai, efallai, y byddai ei oedran yn bwrw cywilydd arno pe mentrai fynd i'r afael â merch o gig a gwaed ac ail-gyrchu'r hen lwybrau – ond oddi mewn i weiar bigog cyfraith ac eglwys.

Fe'i prentisiwyd yn deiliwr ac fel pwythwr yr oedd yn bencampwr. Er hynny, ni bu erioed yn rhyw lawer o ffrindiau â'r grefft na chydag unrhyw grefft arall, a dweud y gwir. Nid un o Benllyn ydoedd i gychwyn ond o'r Glasfryn gerllaw Cerrigydrudion ac fe wnaeth traddodiad llenyddol y fro honno rywbeth iddo cyn iddo erioed symud i Lanrafon a Fourcrosses. Canys dyma fro Jac Glanygors ac Edward Morus, Taliesin Hiraethog a Tomos Jones Cerrigelltgwm; bro llu o

R.O. tua 18 oed.
Tynnwyd y llun gan Lettsome, Llangollen tua 1889-90.
Dyddiadau R.O. oedd 1871-1951

englynwyr a rhigymwyr gwlad ac, mewn amser a fu, baledwyr a chantorion pen ffair. Odid nad rhyw weddill hen arfer y baledwyr oedd y rheswm ei fod yntau ambell waith yn argraffu cân ar ddalen sengl a cheisio'i gwerthu am geiniog neu ddwy y copi. Fe wnaeth hyn ddwywaith neu dair o fewn fy nghof i a gall rhai hŷn gofio troeon eraill cynharach. Ef oedd yr olaf yng nghylch Uwchaled a Phenllyn i wneud hyn.

Nid rhyw lawer a gadwyd am ei fywyd cynnar yn y Glasfryn; ambell awgrym dihoelen o baentio'r byd yn goch ond dim sicrwydd. Anaml y clywais i ef yn sôn am y dyddiau hynny ond efallai fod y stori hon, sy'n perthyn i'r cyfnod cynnar yn ei hanes ar ôl iddo symud i Lanrafon, yn rhoi rhyw inclin amdanynt. Ryw noson o haf, roedd hen ewythr i mi ac R.O. yn dilyn llwybr go gam ac anwastad adre o dafarn y Cymro. Mae'n debyg fod yr hen ewythr yn well meistr ar ddiwallu ei syched na'i gydymaith ac yn gyfrwysach ei gerdded. Prun bynnag, dyna lle'r oeddynt; y teiliwr ifanc, dihîd yn prancio ar y blaen a'r hynafgwr yn dilyn yn bwyllog o'i ledol. Fel y digwyddai anlwc fod, pwy a ddaeth i'w cyfarfod ond y gweinidog. Safodd yr hen ewythr i grynhoi ei urddas at yr anffawd. 'Hm', meddai, 'welwch chi'r bachgen acw Mr Jones! Mae o'n mynd ar ei ben i ddistryw!' Fe ddywedir fod y gweinidog wedi ateb ei fod yn mynd yno'n ddigon llawen, beth bynnag; ond rwy'n ofni mai apocryffaidd yw'r ateb hwnnw.

Daeth i weithio'i grefft yng Nglanrafon tua dechrau'r ganrif a mudo yno i lawr yr Holihed (yr A5 heddiw) ar hyd nos mewn wagen a oedd ar ei ffordd i chwarel galch Cobydiri. Cân am y digwyddiad hwn yw un o'i weithiau cynharaf sef *Y Daith Mewn Wagen Ar Hyd y Nos o'r Glasfryn i Lawrbetws*. Argraffodd hon ar ddail rhyddion i'w gwerthu am geiniog yr un, ac fe wyddai ei ardal fabwysiedig wedyn fod ganddi fardd yn ogystal â theiliwr newydd. Ar droed y ddalen y mae'r geiriau 'Robert Owen, Tailor. Glanrafon'.

Croniclo'r daith ynghyd â sylwadau ar fywyd a phobl yw cynnwys y gân. Pethau fel:

Cyrhaeddais Felin Newydd
Lle bum i lawer tro
Yn cael ymgom ardderchog
Pan bron a mynd o'm co';
Fe ddywed Griffith Roberts
Rhyw straeon bach diball
Nes gwneud i lawer dybio
Nad yw yn hanner call.

A gofalu rhoi geirda myfyriol i'w ardal newydd:

Cyrhaeddais Llawrybetws
Y fan hoffusa 'rioed,
Lle bum yn gweithio'n ddiwyd
Er pan yn ugain oed;
Mae'r ardal arna'i'n gwenu,
Ond aml i hen ffrind
Pa le maent hwy? mae'r ateb
Mewn trisill – wedi mynd.

Roedd yn hoff o ganu am daith. Taith i rywle neu'i gilydd yw teitl
amryw o'i ddarnau ac ar lun stori am daith y canodd lawer darn arall.
Ond teithiau cwbl ddychmygol yw'r rhan fwyaf ohonynt a dim ond
rhyw ddau neu dri o'i ddarnau sy'n sôn am deithiau gwirioneddol.

Ymhen rhai blynyddoedd, dechreuodd gadw ei fusnes ei hun fel
teiliwr a rhoes hysbysiad yn y papur lleol i'r perwyl. Trwy ei osod ar
ffurf penillion mae'n ddiamau ei fod yn osgoi talu rhent yr hysbyseb
yn y papur. Meddai:

Oes arnoch eisiau Dillad
Lanciau glân,
Y gorau eu gwneuthuriad
Lanciau glân.
Wel dowch at Robert Owen
Fe a'ch mesura'n llawen
Am drwsar leinin gwlanen
Lanciau glân, Lanciau glân.
Mae gweithio yn ei elfen
Lanciau glân.

Byddai'r ardal yn barnu fod tipyn bach o or-ddweud yn y llinell
olaf, ond fel dyn amryddawn, gallai'r teiliwr gynnig hefyd:

Os ydych am Bapuro
Ferched glân!
Mae R.O.'n ddyn diguro
Ferched glân.
Ond rhaid gwneud pâst fel pwdin
Os am bapuro'r gegin
Y Parlwr a'r Back Kitchen
Wrth eich bodd, wrth eich bodd,
A gwnaf yr oll tan chwerthin
Wrth eich bodd!

Ie, wel, efallai eto. Yn amlach na pheidio, dewisai ei fydr i ffitio tiwn hwylus a phoblogaidd a bwriedid i'r penillion hyn gael eu gosod ar y dôn a elwir 'Cymod', tôn y geiriau 'Caed trefn i faddau pechod' a thôn ddigon pruddaidd ag ystyried yr holl sbri a gynigiai'r teiliwr wrth osod y papur yn ei le. Ar un olwg, roedd hyn braidd yn annisgwyl canys heblaw barddoni, yr oedd hefyd yn gyfansoddwr tonau ac, ym marn yr ardal, yn well cerddor na bardd. Eto, nid oedd ei drawiad bob amser yn sicr.

Dwn i ddim sut y bydd cyfansoddwr tôn yn hwylio ati. Dewis y geiriau i ddechrau, efallai, geiriau sydd wedi galw ar ryw ddyfnder ynddo ef ei hunan; neu, dro arall, cael ei boeni gan ryw thema neu batrwm o nodau diymwared sydd, yn y man, yn mynnu priodi â geiriau cydnaws, boed emyn neu salm. Dwn i ddim. Ond un tro yr oedd R.O. wedi cyfansoddi tôn ac wedi mynd â hi at John Williams Llwynithel – tad W.D. y Bermo – i gael ei farn ac i benderfynu ar enw addas arni. Un o brif bleserau cyfansoddi tôn i'r teiliwr oedd ei henwi ar ôl ei gorffen. Prun bynnag, ar ôl chwilio ei halaw a'i chynghanedd, dyma John Williams yn gofyn 'Wel ar bwy eirie ma' hi gynnoch chi Robert Owen?' 'O, geirie hysbys iawn' ebe'r teiliwr, 'yr emyn "O Iesu mawr o'th anial dir" ' 'Diar annwyl na, geirie diarth iawn i mi' meddai J.W. yn araf, 'chlywes i rioed . . . ' 'Wel diawch, ddyn,' ebe'r teiliwr, 'rydech chi'n 'i canu nhw yn y capel 'ne jest bob Sul!' 'Wel ryden ni'n canu rhai reit tebyg iddyn nhw, "O Iesu mawr rho d'anian bur" 'Wel ddyn annwyl' ebe'r cyfansoddwr, 'dene nhw, run pethe'n union!' A dyna ni, mae'n anodd dweud sut y mae meddwl cyfansoddwr yn gweithio. Pasiwyd i alw'r dôn yn "Persaethydd" am mai yn y rhan honno o blwy Corwen y cyfansoddwyd hi ac am na bu hwnnw erioed o'r blaen yn enw ar dôn.

Rhwng 1903 a diwedd ei oes yn 1951, pwythodd y teiliwr ddegau o ddarnau prydyddol a channoedd o benillion. Mae gennyf i gasgliad o 35 o'r darnau hyn ac fe wn nad yw'n gyflawn o bell ffordd. Ac yn wir, prydyddu cymdeithasol ydyw, eco pell o ganu'r cywyddwyr gynt. Nid oes ynddo unrhyw ymboeni am ddatgan teimladau personol, am draethu gweledigaeth, am y *tour de force* telynegol, am gydweddu natur allanol â chyflwr ysbryd y bardd ar y pryd; dim rhithyn o Eifion Wyn na John Morris Jones a'u lleng dynwaredwyr. Ni buasai R.O. yn deall dim ar bethau fel hyn. Mwynhad oedd yr unig deimlad perthnasol i gyfansoddi, hwyl o weld pennill yn tyfu sill wrth sill ac odl wrth odl a'r cyfan, ar ôl ei orffen, yn ymddangos yn odiach a doniolach nag yr oedd wedi meddwl. Fe'i gwelais lawer tro ar ganol 'cân'; gofynnai imi ddarllen y penillion a oedd wedi eu gorffen a thra gwnawn hynny byddai'n chwerthin am ben ei benillion ei hun nes siglo bol a gwasgod. Dim ond pan feiddiai rhywun amau a beirniadu ei waith y dangosai ei fod yn ei gymryd o ddifri. Ei ymateb ar adegau felly oedd diawlio'r byd yn gyffredinol a'i feirniaid yn neilltuol. Ar y pyliau hyn, arferai glician ei ddannedd gosod yn ei gilydd fel petai'n cnoi ei feirniad yn gatiau yn y fan a'r lle.

Ond yn wir, oherwydd ei ddull o gyfansoddi, byddai llawer o'i benillion *yn* edrych yn od. Y peth cyntaf a wnai oedd chwilio am eiriau'n odli, rhai unsill gan amlaf fel 'tew – llew', 'banc – tanc' at ati. Wedyn, sgrifennu'r rhain bob yn ail linell ar ddalen o bapur llinellog ac yna saernïo'r llinellau fesul sill tu ôl i'r prifodlau. Y canlyniad oedd fod ei odlau'n iawn bob tro a hyd y llinellau'n gywir yn amlach na pheidio, ond braidd yn stacato ac annisgwyl a thywyll oedd y synnwyr. Cofiaf amdano'n llunio cân hir o'r enw 'Taith Mewn Modur i Foty'r Glem ac ar ôl Cyrraedd nid oedd neb Adre'. Y pennill agoriadol yw:

Wel i ble'r aethant heddiw?
Does yma neb ar gael
A finne'n dyfod yma
I ddweud fod nain yn wael.
A phan ar gychwyn yma
Roedd Ifan coesau cam
Yn dweud ei fod am ddyfod
I edrych am ei fam.

Cynhelir y pennill gan yr odlau 'gael – wael', 'cam – fam', a'r gair 'cam' sy'n dod â rhyw frawd Ifan i mewn i'r stori. Nid oes nemor ddim sôn amdano yng ngweddill y gân canys i'r awdur, cyflawnodd ei ddiben trwy ateb odl ac hefyd – un o bleserau annisgwyl barddoni – trwy fod yn adwy doniolwch efo'i 'goesau cam'. Gallaf dystio nad oedd neb gyda llysenw fel hyn yn yr ardal ar y pryd ac na chlywais am neb felly yno o fewn cof ac felly, creadigaeth ddamweiniol – ffrwyth gofynion mydr ac odl oedd Ifan.

Dro ar ôl tro digwyddai pethau fel hyn. Ond ambell waith byddai'r teiliwr mor annoeth â dewis gair anodd i'w odli neu ynteu'n esgeuluso cwplau ei gynllun odlau'n drylwyr cyn dechrau arni. Ar adegau felly yr oedd dwy ffordd allan o'r dryswch; un oedd dyfeisio gair na bu erioed yn y geiriadur Cymraeg nac unrhyw eiriadur arall (ac yn hyn o beth, wrth gwrs, mae'n od meddwl ei fod wedi rhagflaenu James Joyce ei hun); ffordd arall oedd defnyddio gair Saesneg os oedd un wrth law. Fel hyn:

Ac ar y ffordd wrth deithio
(Roedd hynny'n dda i'm *bones*),
Fe glywais sŵn olwynion
Hen wagen fawr Tom Jones . . .

Gair diflas i'w odli yw 'Jones'; rhyddiaith, yn wir, yw ei briod le ond
wedyn, os 'Tom Jones' oedd gwir enw perchennog y wagen, be wnaiff
bardd? Rhaid iddo fod yn fanwl wir ac felly, doedd dim amdani ond
creu syniad newydd a thra chyfeiliornus fod teithio mewn wagen ddi-
sbringiau yn beth da ar les esgyrn dyn. Celfyddyd, meddir, yw'r ffurf
uchaf ar y gwirionedd.

* * *

Ond i ddod yn ôl at beth a nodais ennyd yn ôl, sef natur neu agwedd y
bardd ei hun at ei waith. A chyn hynny, soniais am ei rannu'n
gyfnodau. Mae'r ddwy ystyriaeth yn perthyn i'w gilydd.

Hwyl oedd cyfansoddi caneuon iddo. Wrth eu gwneud a'u darllen
byddai'n piffian chwerthin am ben ei greadigaethau mwy neu lai
damweiniol ei hun a hynny nid yn unig am yr hyn a ddywedid
ynddynt ond hefyd am fod y gwaith o farddoni ynddo'i hunan yn beth
mor ddoniol. Ymhlith holl gorff ei waith, dim ond dwy gân yn y
cywair lleddf sydd ganddo; dwy farwnad. Canodd un i lanc o'r ardal a
fu farw'n weddol ifanc ac fe ddywedodd wrthyf unwaith iddo grio
chwartiau tra oedd wrthi hi'n cyfansoddi ei alargan. Hyd y gwn, nid
oedd y llanc ac yntau yn gyfeillion neilltuol – dim byd fel Miltwn a
Lycidas gynt – ac felly, os gwir a ddywedai, wylo defodol oedd y
galaru, wylo am mai dyna a ddylai dyn ei wneud wrth weithio
marwnad. Dyma sampl o'r gân:

Dystaw oeddyt ar y ddaear
Rhyfedd gennyf erbyn hyn
Dy fod heddiw ar yr orsedd
'N canu'r Anthem yn ddigryn;
Ond daw hiraeth drosof beunydd
Am dy weled yma a thraw
Ond fy siomi gaf nes cyrraedd
Atati ti i'r ochr draw.

Galaru, dyheu am ail uniad yr 'ochor draw', ac awgrym cynnil fod
esgyn i orsedd yr ochr honno yn troi dyn diwedwst wrth natur yn
ddatgeiniad hunanfeddiannol: dyna'r pennill. Well, efallai fod y sôn
am y canu 'digryn' yn wir, ond fe wn nad yw'r dyhead am groesi at y
gwrthrych yn wir o gwbl canys yr oeddwn yn adnabod y teiliwr yn bur

weddol. Gallai adrodd y geiriau 'gwneler Dy ewyllys' yn ddigon cywir, ond ychwanegu o dan ei wynt yr un pryd – 'dim cweit yrwân'.

Un tro, roedd yn ei wely o dan y ffliw ac yn mwynhau bod yno oherwydd y cysur a'r cydymdeimlad a gâi gan hwn a'r llall a alwai heibio i edrych amdano. Po fwyaf y cydymdeimlad, mwyaf ei gwyno a'i riddfanau yntau. Ond un prynhawn, daeth cymydog heibio a oedd yn dipyn o bry. 'Drwg ydech chi Robert Owen?' Unig ateb y claf oedd yr ochenaid fwyaf yn y byd o dan ddillad y gwely. 'Wel ie,' ebe Huw Roberts, 'felly rôn i'n clywed, a dene pam y dois i yma y pnawn 'ma, er 'i fod o'n hen fusnes digon cas hefyd . . . Ond ma'n rhaid i *rywun* 'i 'neu o ddyliwn . . . ' Ar y nodyn anhyfryd yma daeth pen y teiliwr i'r golwg o dan y dillad. 'Be dech chi'n feddwl?' meddai'n biwus. 'Wel, clywed 'ych bod chi *mor* sâl,' ebe'r cymydog, 'rhyw feddwl oeddwn i tybed ydech chi wedi gneud trefn ar y'ch pethe? A mi ddylis hefyd falle dylwn i fesur lled y landin a'r grisie 'ma rhag ofn i'r arch . . . ' Tynnodd ddwy droedfedd saer o'i boced. Ond roedd y teiliwr erbyn hyn ar ei eistedd yn y gwely, yn mendio gyda sydynrwydd gwyrth. Cyn te, yr oedd wedi hen godi i'r gegin . . . Mae'n anodd sgwario'r hanes gwir hwn â'r hiraeth telynegol am y Ganan nefol y mae W.J. Gruffydd yn sôn amdano ar ddechrau ei Flodeugerdd a'r hiraeth a broffesai'r marwnadwr yn y pennill a ddyfynnwyd.

Wrth edrych dros ei holl waith, mae'n anodd gweld fod ynddo ddim o'r hyn a eilw'r beirniaid yn ddatblygiad, o ran na mydr nac idiom, ac felly does ganddo fo mo'i gyfnodau. Ar y dechrau, efallai fod a wnelo'r penillion fwy â mannau a phobl wironeddol a'u bod yn ddiweddarach yn gwyro at ffantasïau a dychmygion llwyr. Pethau fel hyn:

Breuddwydiais neithiwr weld fy hun
Mewn côt a gwasgod wen,
A'm traed i fyny, fyny fry,
Gan sefyll ar fy mhen;
A daeth i'm golwg i drachefn
Rhyw lodes erbyn hyn
Gan weiddi'n dost nes codi ofn
Ar bawb oedd yn Nhy Gwyn.

Dychrynais innau yn bur siŵr,
Wrth glywed y fath floedd
A methu deall yn fy myw
Pa beth, ac yn lle'r oedd;

Ond erbyn deall, yr hen hwch
Ymladdai yn ddi-drefn,
Am ddod i mewn trwy ddrws y ffrynt
'N lle mynd trwy ddrws y cefn.

Mae'n od meddwl eto mai'r tridegau, pan gyhoeddwyd y penillion hyn oedd cyfnod yr hŵ-ha mawr ynghylch swrealaeth. Sgrifennwyd cyfrolau a maniffesti lu am y peth yn Ffrainc a'r Merica ac yr oedd pob math o fechgyn a merched clyfar ac ofnadwy wybodus yn ymdrechu'n lew i fod – wel, fel y teiliwr o Ffor Cro na chlywodd erioed sôn am y fath beth ac na wyddai'r gwahaniaeth rhwng swrealaeth a chwmni Crosville. Er hynny, ni chafwyd gwell swrealaeth erioed gan nac Andre Breton na Dali na Chirico na'r penillion hyn a'u tebyg gan R.O. Ac yn wahanol i'r gwŷr a'r gwragedd hynod hyn, yr oedd barddoniaeth fel yna yn rhan mor naturiol o'r teiliwr â'i wisg ei hun a mwy na hynny, yr oedd yn cael hwyl a chwerthin mawr drwy'r cyfan i gyd.

Ni sylwais iddo erioed ganu penillion serch ar wahan i gyfarchion priodasol. Gofalai baratoi'r rheini cyn gynted ag y clywai fod hwn-a-hon yn caru'n glos. Am bwnc poblogaidd ein dydd ni heddiw, sef Rhyw, cyfryngai ei gyfansoddiadau i adrodd hanesion ar lafar, hynny mewn rhyddiaith tu mewn i bedwar mur ei dŷ ei hun. Cyhoeddodd un darn unwaith sy'n delio â'r pwnc. Ysywaeth, nid oes gennyf gopi ohono, ond darn ar ffurf dialog rhwng carwr profiadol a newyddian ydoedd. Mewn un man, cynghorai'r hen law y ceiliog ifanc fel hyn:

Mae yna ffordd i ddenu
Y merched, wyddost ti,
Nid gafael yn amharchus
Na'u lardio fel hen gi . . .

Ond ni fanylodd erioed yn gyhoeddus ar y 'ffordd' honno a chredaf mai ei farn oedd mai peth cwbl ddiangen fyddai hynny mewn cymdeithas normal. Fel pob gwir glasurwr, canu am a gâi ac a gafodd a wnai ef, nid canu am a fynnai.

* * *

Ambell waith, deuai chwthwm o feirniadaeth. Bu un felly yn niwedd 1934. Ganol mis Tachwedd y flwyddyn honno, yr oedd dwy gân yn *Seren* y Bala, o dan ffugenwau wrth gwrs; un yn gân o fawl a'r llall, i bob golwg, yn feirniadaeth galed. Gwaith yr un gŵr oedd y ddwy, bardd arall o'r un ardal a oedd yn enwog fel tynnwr coes. 'Un

Am Ei Ddal O' oedd ffugenw'r beirniad a theitl y gân oedd 'Pwy yw R.O. o Ffor Cro'. Pwt byr ydoedd i gyd:

R.O. o Ffor Cro,
Wel pwy ydi o?
Bardd mwyaf y fro
Dalier a chwipier y gwalch.

Rhown ddŵr ar y tân
I'w ferwi yn fân
Heb Fari na Sian
Yn gwylio y sospan mawr!

Ei awen fawr dew
Heb asgwrn na blew
'Rol madael â'r rhew
A roddir i'r 'deryn a'r gath'.

Ei gerddi i gyd
Sy'n trwblo y byd,
Mae mam ar ei hyd
Yn chwerthin o achos y blôc!

Ond yr oedd yn her fawr i'r teiliwr a bu wrthi'n crensian a chlecian ei ddannedd gosod wrth geisio ffrwyno'i gynddaredd yn benillion digon dealladwy i fod yn farwol. O'r diwedd, lluniodd gân i ateb ac er mwyn ei blaenllymu i'r eithaf aeth â hi i'w dangos i'r union fardd oedd 'am ei ddal o'. Rywsut, credai'r teiliwr mai f'ewythr, Llwyd o'r Bryn, oedd y pechadur anfaddeuol. Fodd bynnag, yr wythnos wedyn, cyhoeddwyd yr 'ateb' – nid heb olion dawn lem ei wir feirniad. Dyma ran ohono:

Nid ydyw dy awen
Ond hyd coesau chwannen
A honno'n hen sgyren
'Run oed â dy daid!

Dy awen sy'n fain
Fel rhewynt Cwm Main,
Neu ên hir dy nain
Cyn mentro i'r bedd.

Wel sut mae dy fam,
A gafodd hi nam?
Mi wn i paham
Y mae hi ar ei hyd!

Os doi di, brydydd medrus,
I lawr rhyw gyda'r nos,
Aiff nodwydd hir, anafus,
I mewn drwy din dy glôs

Y corgi grôt!

Mae'n bur siŵr nad y teiliwr biau'r cwbl o'r trawiadau hyn. Prun bynnag, daeth ateb yr wythnos wedyn gan yr ymlidiwr. Ond yr ail dro, yr oedd gwrth-ateb y teiliwr mor gryf a milain-enllibus fel y bu rhaid i olygydd y *Seren* ei wrthod a rhoi taw ar y ddadl. Bu'n rhaid i'r teiliwr wedyn fodloni ar biwus-regi ei feirniad ar lafar i bwy bynnag a alwai heibio ei dŷ a gwrando arno.

* * *

Ymdroais ormod â'i brydyddiaeth. Nid yw hyn yn dihysbyddu ei ddoniau na'i hanes o bell ffordd. Yn wir, roedd ei fyw mor od â'i hynt lenyddol a cherddorol. Yn ôl barn ardal o amaethwyr codi'n-fore-a-gweithio'n-galed, dyn wedi llwyddo i fyw heb weithio dim oedd y teiliwr. Codlwr a gwagsymerwr. Nid hynny yw'r gwir i gyd petai ond am y rheswm fod ffermwyr, at ei gilydd, yn ystyried pob dim ond trin y tir ac efallai dipyn o wrando efengyl ar y Sul, yn oferwaith a meddalwch. Ond yn ei ffordd ei hun, *fe* weithiodd y teiliwr, – rywfaint.

Rhoesai'r gorau i deilwra ymhell cyn cof i mi. Tua 1922 penderfynodd gadw siop a chododd adeilad alcam dwy-stafell ar fin y tyrpeg yn ymyl ei gartre. Beth oedd y trefniant ariannol, dwn i ddim, ond efallai mai ar rent y daliai'r lle. Gosodai'r stafell gefn i grydd a chadw ei siop ei hun yn y stafell a wynebai'r ffordd a'r traffig. Does gen i ddim cof am faint nac amrywiaeth ei stoc ond yr oedd baco a fferins yn rhan amlwg ohoni. Ar y pryd, roedd y teiliwr yn smociwr trwm ei hun a fedrai fynd trwy owns o siag bob dydd yn hwylus. Ond pan droes yn siopwr nid oedd raid iddo bellach dalu dros gownter neb arall am owns neu chwarter o faco Dafis Caer canys y cwbl oedd eisiau oedd codi dyrnaid o'r pot pridd lle cadwai ei stoc. Gwaetha modd, nid oedd yn meddwl y dylai dalu am y dyrneidiau hyn dros gownter ei siop ei hun ac yn y man cododd anawsterau rhyngddo â'r brodyr heulog hynny a elwir yn drafaelwyr.

Yr oedd nenfwd y siop wedi ei fyrddio er mwyn cynhesrwydd ond gadawyd manol yn y canol rhag digwydd bod angen archwilio'r to. O ben y cownter, gwaith hawdd i ddyn heini oedd ei godi ei hun trwy'r manol i'r daflod uwchben, ac ar adegau o ddyled dyna a wnai'r siopwr. Os gwelai gar trafaeliwr yn dod i fyny hyd y ffordd o gyfeiriad Corwen, diflannai drwy'r manol mewn chwinciad gan adael y crydd i esbonio nad oedd 'Mr Owen' adre y diwrnod hwnnw. Yntau Mr Owen yn gorwedd ar ei fol yn y daflod dywyll gan ddal ei wynt nes byddai car y trafeiliwr wedi distewi yn y pellter. Digwyddai hyn yn fwy mynych fel yr â'i siop yn hŷn ac o'r diwedd daeth adeg pan oedd llai o lwch ar drawstiau'r daflod nag ar y silffoedd.

Pryd yr aeth yr hwch drwy'r siop yn llwyr, dwyf i ddim yn cofio erbyn hyn, ond dyna fu ei diwedd. O hynny ymlaen, ni bu gan y teiliwr fusnes sefydlog ac ar ôl dod i'w bensiwn ni bu ganddo fusnes o fath yn y byd. Mae'n debyg mai ar ôl chwalfa'r siop y dechreuodd gerdded yr ardal i werthu te. Cofiaf amdano'n dod rownd y ffermydd efo bag dillad sgwâr. Yn hwnnw yr oedd y te, wedi ei lapio'n chwarteri a hanneri. Digon tenau oedd y broffid ar y gorau ond yr oedd yn feinach fyth oherwydd gorbarodrwydd y gwerthwr i ymdroi a chlertian gyda'i gwsmeriaid. Go brin yr ymwelai â mwy na rhyw bedwar lle mewn diwrnod, ond wrth gwrs, nid oedd dim rhaid iddo boeni am ei ginio a'i de.

O dro i dro, deuai chwiw cadw adar ato ac mae gennyf atgo pell amdano'n ennill cerdyn 'Highly Commended' am ganeri yn Sioe Gorwen. Pan oedd arian wrth law, prynai adar o dras dieithr a bonheddig ond weithiau, digwyddai'r chwiw ar adeg denau a'r pryd hwnnw rhaid oedd bodloni ar adar to, robin goch, ji-binc a rhai eraill o'r un dosbarth y gellid eu dal efo gogor ar dywydd caled. Cadwai hwy mewn caetsus am ysbaid ac wedyn, eu gollwng yn rhydd – yn enwedig os na chanent. Un tro, cyn fy nghof i, daeth y chwiw yn gryf rhyw ddiwrnod a chyn gynted ag yr agorodd ei weithdy yn y bore, yr oedd yn cynnig dwy geiniog y deryn i blant y pentre. Bu helfa eiddgar ac un mor lwyddiannus nes bod y pris wedi gostwng i geiniog y pen cyn cinio. Erbyn canol y prynhawn, daeth i lawr i ddimai. Undonog oedd y detholiad, ac yn fuan ar ôl te daeth y pris i lawr i ddimai am ddau dderyn. Cyn pen awr wedyn, roedd wedi gostwng i ddim a'r teiliwr yn dechrau mynd yn biwus a rhegi a gwrthod pob offrwm pellach. Yn wir, cymaint oedd ei ddiflastod fel yr agorodd y caetsus a gollwng pob carcharor bach yn rhydd cyn nos.

Ansicr, er hynny, oedd ei farn ar adar. Ar ddiwrnod o heth, un gaea, roedd plant un o'i gymdogion wedi dal aderyn to. Pasiwyd i'w roi i'r teiliwr ond cyn mynd ag ef iddo fe'i paentiwyd yn grefftus gyda dyfrliw o focs lliwiau un o'r plant. Mynd ag ef, wedyn, yn ei holl ogoniant glas a fermiliwn a melyn a mawr ofyn i'r teiliwr am ei farn. Chwarae teg, ar ôl hir simio, bu'n ddigon onest i gyfaddef na wyddai ef 'be ddiawl ydio' ond mynnai ei fod yn dderyn prin a gwerthfawr iawn. Rhoed ef mewn caets ac am ddyddiau cafodd y gwerth hanner ffyrling dendans cystal ag a gafodd Horws-hebog yr Hen Aifft erioed. Ond gwaetha'r modd, fel yr âi'r dyddiau heibio, pylai'r paent a chyn diwedd yr wythnos diflannodd y gogoniant yn llwyr. Agorwyd llygaid y teiliwr yntau a rhyddhawyd yr ymhonnwr yn ddiseremoni. Bu'n dra phiwus am ddyddiau ar ôl y dadrithio a hyd yn oed ymhen y flwyddyn, ni allai sôn am y peth heb glician ei ddannedd gosod a sôn am 'bobl heb ddim byd gwell i'w wneud'.

O ddiwedd haf ymlaen hyd ddechrau Rhagfyr byddai'n trefnu clwb prynu rhoddion Nadolig. Talai'r aelodau chwechyn neu swllt bob wythnos a hyd y gwn, gadael ar ddoethineb y teiliwr pa bethau i'w prynu pan ddeuai'r adeg. Teganau oedd swrn y rhoddion. Anfonai ei archebion tua diwedd Tachwedd ac ennill tipyn o gomisiwn arnynt gan ryw storfa neu'i gilydd. Yna, dechreuai prysurdeb; parseli corffol yn cyrraedd bob dydd a rhaid oedd eu hagor i gyd er mwyn didoli'r rhoddion i'r cwsmeriaid. Y gwaith yma, greda' i, oedd y nesaf peth i nefoedd ganddo, canys wrth ail bacio'r teganau câi gyfle i roi praw arnynt ei hunan. Gwn ciaps, mowthorgan, soldiwrs plwm, pensel drilliw ac, yn reit aml, rhyw bethau anhyffordd na welais i neb na chynt na chwedyn yn llwyddo i gael gafael arnynt. Model o iâr yn dodwy wyau ar ôl ei weindio ac un tro, moch potyn rhyfedd iawn. Gyda'r rhain yr oedd pils bach crynion, nid annhebyg i rai Beecham, a dim ond ichwi wthio un o'r pils i geg y mochyn, fe ddigwyddai rhywbeth yn ei du mewn a wnai iddo ollwng drwyddo mewn llai na munud a hynny yn y modd mwyaf argoeddiadol. Dyna lle byddai'r teiliwr ynghanol y cyfan yn hician chwerthin am ben campau ei farsiandïaeth a hanner llond cegin o blant y cylch – a rhai hŷn na phlant – yn cydlawenhau gydag ef wrth weld y fath gynhaeaf o ryfeddodau.

* * *

Chwedl ei bennill ei hunan, mae 'wedi mynd' ers ugain mlynedd bellach. Dyna sut y gwelais i ef ac rwy'n eitha siŵr mai dyna hefyd sut y gwelodd ardal ef; dyn a fu'n chwarae byw ar hyd ei oes. Mi fydda i'n holi fy hun weithiau sut ddyn oedd o, mewn gwirionedd, a waeth imi ddweud yn blaen, dwn i ddim. Bu fyw trwy gyfnod hir y rhyfel (dau ryfel, o ran hynny), ac o ddrws ei dŷ gallai weld fflachio'r bomiau a'r gynnau mawr yn Lerpwl. Er hynny, rwy'n siŵr mai rhyw stori afreal oedd y cyfan iddo. Roedd yn unigolyn eithafol, yn byw a bod er mwyn i bobl sylwi arno – mewn ffordd hollol ddiniwed – a chael hwyl gydag ef. Nid oedd dim byd gwrthun nac annioddefol yn ei hunaniaeth; yr oedd fel hunaniaeth Adda yn Eden pan wyddai mai ef oedd yr unig ddyn yn yr holl greadigaeth.

Roedd yn ganolbwynt doniolwch; eto, amheuaf er hynny a allodd erioed weld doniolwch rhywun arall ar wahan i ddoniolwch caricatûr a ffantasi. Ni welais mohono erioed yn drist: piwus ac allan o'i hwyl, do, lawer gwaith: yn rhegi a dweud y drefn am rywun neu'i gilydd neu am ryw ddigwyddiad annhymig, – hynny hefyd yn ddigon aml. Ond dim dwyster; dim hiraeth ychwaith. Lle tantrus, digri oedd y byd, rhywbeth i'w gymryd fel y daw; lle dim gwerth poeni amdano, ar y cyfan, a'r unig un real ynddo oedd ef ei hunan. Am rai blynyddoedd bu'n anwesu'r syniad y dylai ei gydardalwyr godi delw bres ohono o flaen y capel a hynny cyn iddo farw fel y gallai ei dadorchuddio â'i law ei hunan. Beth wnewch chi o ddyn fel yna, heb fynd i ramantu a dweud mawredd, neu ddilorni ac anwybyddu? 'Dyn heb wastadrwydd amcan', clown heb y masg? Yr olaf o hil hen ddifyrwyr nad oes neb byw a'u cofiant mwyach?

Eto i gyd, yr oedd ynddo rywbeth o aruchel ddiofalwch un y mae'r awen wedi ei farcio â'i gofal hi: rhyw fflach golau car ar drofa bell wedi nos, rhy bell i ddyn weld yn iawn. Heb os, ac er gwaetha holl ymdrechion pawb oedd 'am ei ddal o', roedd y teiliwr yn rhywun.

Llofnod R.O. Ffor Cro

Mae'n deg sylwi bod dawn farddonol R.O. yn ymestyn i'w ddull o gynnwys ei enw o dan ei waith. Fel y sylwodd D. Tecwyn Lloyd eto, mewn Traethawd Beirniadol (1934, llawysgrif yn unig) ar ei waith:

Fel rheol, bydd awen bardd yn ei adael ar y llinell olaf, ond gwerth ydyw nodi bod R.O. wedi gweithio ei hun i'r fath uchelder, ac fod ei ysbrydiaeth mor gref, fel y parhaodd i farddoni hyd yn oed wrth ysgrifennu ei enw o dan y gerdd. Canys dyma a gawn:

R.O. o Ffour Cro
Wel ie, dyma fo.

R.O. gyda'i 'perpetual calendar'

Dengys hyn ei wybodaeth ddofn o egwyddorion llenyddiaeth. *'The work is the man'*, medd rhywun a hyn yn ddiau welodd yntau y tro hwn.

Mewn teipysgrif werthfawr arall (nas cyhoeddwyd o'r blaen) cawn gasgliad llawnach a dadansoddiad craff o amrywiadau barddonol ar lofnod y prydydd. Mae'n werth ei chyhoeddi yn ei chrynswth:

Llofnodion Awdurol R.O.: Astudiaeth
gan D. Tecwyn Lloyd

Un o nodweddion anghyffredin Robert Owen, 'R.O.' (1871-1951) y bardd a'r teiliwr o Fourcrosses gerllaw Glanrafon, oedd ei ddull o lofnodi ei gyfansoddiadau barddonol yn *Y Seren* – o wych goffadwriaeth. Yn wir, yn hyn o beth yr oedd yn wahanol i bob bardd arall y gwyddom amdano.

Bu'n llunio cerddi o ddechrau'r ganrif hon ymlaen. Brodor o bentre Glasfryn ger Cerrigydrudion ydoedd, ond tua 1903 daeth i deilwra gydag Ifan Dafis, Siop Uchaf Glanrafon. Ceir darnau barddonol ganddo yn weddol gyson o hyn ymlaen, ac yn ôl y sôn yr oedd yn rhoi cymaint onid mwy o sylw i'w Awen ag a roddai i'w grefft.

Wrth y darnau cynharaf, y llofnod a welwn yw 'Robert Owen, Glanrafon'; 'Robert Owen, Tailor, Glanrafon' ac hefyd, 'R.O. Fourcrosses' neu 'Robert Owen' yn unig. Hyd y gwyddom, dyma oedd ei arferiad am flynyddoedd: e.e. 'Robert Owen, Glanrafon' yn 1912 a 1914; 'R.O.' yn 1916. O hyn ymlaen tan 1931, y mae bwlch yn ein casgliad o'i weithiau ond yn y flwyddyn honno deil i lofnodi ei waith (e.e. Ion. 14) fel R. Owen, Fourcrosses, Corwen. Yno, gyda'i chwaer ddibriod Jane, yr oedd yn byw.

Yn 1932, ac efallai ychydig cyn hynny, dechreuodd arddel y ffugenw 'Glasfardd'. Ei amcan oedd dangos mai o'r Glasfryn yr hanfu, eithr gormod o lond ceg fuasai enw fel 'Glasfrynfardd'. Ond nid hir y parhaodd i arddel yr enw hwn canys dangoswyd iddo gan ei edmygwyr mai ystyr 'Glasfradd' i bawb an wyddai am ei hanes, oedd 'bardd glas', sef prentis neu ddisgybl neu – gwaeth fyth – pastynfardd. Yntau, wrth gwrs, yn ei gyfrif ei hun yn bencerdd teilwng o gofgolofn o flaen Capel M.C. yr ardal neu o leiaf, plac coffaol ar un o furiau'r addoldy hwnnw a hynny yn ystod ei oes ei hun fel y gallai ef gael y gwaith hynod o'i ddadorchuddio. Buan, felly, yr anghofiwyd yr enw 'Glasfardd'. 'R.O.' fu wedyn weddill ei ddyddiau.

Ond nid 'R.O.' a dim byd mwy. O hyn allan, dechreuodd lofnodi ei weithiau trwy rigymau llythrennau dechreuol ei enw. Fel hyn:

R.O.
Welsoch chwi o?
Trowch i Ffor Cro,
Yno mae o.

(1934)

'Daiff R.O.
Byth o'i go',
'Ffeia i o
Medd John y Go.

(1934)

Cyfeiriad, mae'n ddiamau, at beryglon proffwydol yr Awen yw hyn; gwyddys fel y mae tylwythau cyntefig yn ystyried fod y bardd neu'r *shaman* yn un sydd yn 'mynd o'i go', sef syrthio i berlesmair pan fo'r Awen yn disgyn arno. Nid yw'n eglur pam y nodir fod 'John y Go' yn hytrach na rhywun arall yn tystio i sadrwydd meddwl y bardd. Gof yr ardal ar y pryd oedd John Jones a gŵr diwylliedig a diogel ei air; yn wir, bu ef a'i wraig yn dda wrth y bardd lawer tro: cofio hyn, mae'n debyg sy'n cyfri am enw'r Gof yn y llofnod.

Weithiau, mae'r llofnod i'w ddarllen mewn cysylltiad â thema'r gân uwch ei ben. Un tro, bu cyfres o benillion yn dychanu gwaith y bardd o dan ffugenw 'Un am ei ddal o'. Bu ymateb ffyrnig mewn cyfres o benillion dig ac nid anhaeddiannol. Pwy allai oddef bygythiad brawychus fel hyn:

Rhown ddŵr ar y tân
I'w ferwi yn fân,
Heb Fari na Siân
Yn gwylio y Sospan mawr!

Cael ei adael i drengi a berwi'n grimp mewn sospan! Enbyd o dynged. Ond atebodd R.O.

Peth cas ydyw gweled
Dyw awen mor fain,
Fe'i rhof yn y sgieled
Er cof am dy nain.

ac nid hynny'n unig, ond

Dy awen hir a'th berfedd main
A gaiff y brain myn coblyn.

Ei lofnod y tro yma oedd:

'R.O.' o Ffor Cro,
Os aiff ar ffo
Pwy a'i deil o?

Roedd yn hoff, fel y penceirddiaid gynt, o ganu cyfarchion cymdeithasol, yn arbennig i rai'n priodi, ond mae llofnodiad y cerddi hyn yn bendant hunangofiannol fel:

R.O. – Hen Lanc
O Ffor Cro
Ydi O.

neu dro arall, – gyda thinc o iselder?

R.O., un o'r fro
(Mae pawb yn myned
Ond y fo)

Ond os na chafodd wraig, myn llofnod arall mai ef yw:

R.O. ydi o
O Ffor Cro,
Hen broffwyd y fro.

Ond fel y gwelsom, nid proffwyd i 'fynd o'i go'. Ambell waith, datganiad cymwys i bob amgylchiad yw'r llofnod: fel hwn

R.O. ydi o
Lle bynnag y bo.

a datganiad sy'n dangos aeddfedrwydd meddwl a buchedd mewn gŵr sydd yn llwyr wybod pwy a beth ydyw; gŵr wedi ei lwyr integreiddio, chwedl ein seicolegwyr. Onid oes yma rhyw dawelwch ysbryd dwfn yn y cwpled llwythog hwn: faint ohonom a all arddel yr un cyflwr? Yn wir, R.O. oedd R.O.

Nid bob amser y mae'r cysylltiad rhwng y farddoniaeth a'r llofnod yn amlwg, yn enwedig erbyn heddiw ac yntau wedi ein gadael ers mwy na deng mlynedd ar hugain. Mae ganddo un gân am blisman yn dal rhywun mewn rhyw helynt; dyma'r llofnod

Wel ia, dacw fo
Yn mynd ag R.O.
Ow! mi dyrna i o!

'The wish father to the thought' efallai, eithr y mae yma o leiaf rywfaint o gysylltiad testunol. Ond beth am hyn

70

R.O. medde fo
A'r heffer a frefodd
Yn drwm am ei llo.

R.O. o dan do
Yn gwylio'r ddau lo.

Anodd. Neu hwn o dan gerdd sy'n crybwyll peiriant dyrnu

R.O. Ffor Cro
Wedi dyrnu
Medde fo.

Mwy anodd. Ni bu gan R.O. erioed gnwd o geirch na haidd na dim grawn arall ar ei elw erioed. Bu ganddo ddernyn maint lliain bwrdd o dir glas o flaen un o'i ffenestri, prin ddigon i dyfu un ysgub o ŷd, a chaniatáu ei fod yn aredig y fath glwt gyda fforch a rhaw. Ni wnaeth hynny erioed.

Cyfeirio at ryw hanes coll y mae'r llofnod hwn:

R.O. o Ffor Cro,
A all Llwyd o'r Bryn
Ei ddehongli o?

a hwn:

R.O. heb weld y 'Bull'
Meddai John 'n toedd e'n ddwl.

Amhosibl yn wir yw didwytho ystyr y cwpledi hyn bellach, mwy na hwn:

Hwch R.O. yng nghwt y llo
Wel ia, dyna fo.

Ni bu gan R.O. erioed na hwch na llo, mwy na chnwd o ŷd a'r unig esboniad – un seicolegol – yw fod ganddo uchelgais cudd am fod yn ffermwr a bod hyn yn brigo i'r golwg yn ei lofnodion. Dyhead cudd arall, efallai, a welir yma:

R.O. am ddwyn dy serch
Na chei fod yn hen ferch.

Ond hen lanc, fel y gwelsom, fu ef ar hyd ei oes. A oes yma ryw anesmwyth hoen?

Cyfeiriwyd eisoes at of yr ardal. Un o wŷr craffaf y cylch oedd John Jones, a gwybod hynny sydd tu ôl i'r llofnod hwn

Mae pawb yn y fro
'Nadnabod R.O.
Ond tydi John go
Ddim, medde fo.

Dweud y mae'r llinellau hyn – a gyda llaw sylwer ar y Cymraeg Byw odidog a geir ynddynt, – ie, dweud y maent mai ei adnabod yn arwynebol, rhyw adnabod 'smâi?' a dim mwy oedd gan bawb yn y fro ohono ond fod gwir ddyfnder y bardd tu hwnt i lein blwm hyd yn oed y craffaf.

* * *

Daeth ein gofod i ben. Er 1951, pan ymunodd R.O. â'r Mwyafrif, cyhoeddwyd miloedd o ddarnau Cymraeg mewn *vers libre* o dan yr enw o farddoniaeth. Yn wyneb hyn, cysur yw troi at weithiau pencerdd Ffor Cro ac adfer rhywfaint o'n ffydd mewn cerdd dafod. Fe ddywedodd yn un o'i lofnodion:

R.O. yn cychwyn am dro,
Fe ddaw adre rhyw dro.

Daw, fe ddaw.

Detholiad o'i gerddi

Rhyfeddodau

Aeth Moss am dro i Wrecsam
A hynny bore ddoe,
A thalodd bymtheg ceiniog
Am fynd i mewn i siou;
Fe welodd bethau rhyfedd
Na bu erioed eu bath,
Gweld cwningen a'i holl egni
Yn ceisio dal y gath.

Peth rhyfedd anghyffredin –
Gweld cwningen ar ôl cath,
Rhyfeddach fyth ei gweled
Yn neidio bymtheg llath;

Pe buasai yr hen bwsi
Yn llwyddo i'w dala hi
Buasai yn ei bwyta
Bob tamaid am wn i.

Dychmygion

Ar frigyn derwen bore ddoe
Roedd Ned mewn noe yn nofio.
A gwneyd ei gwallt roedd gwraig y go
A'i ffroen mewn padell ffrio,
A'r mul yn hedeg am ei nyth,
Daiff hwnw byth yn ango.

Bu helynt erwin ddechreu haf,
Mewn sobrwydd gwnaf ei sibrwd,
Pan waeddodd Evan wrth y fron,
Ai'r Siroedd bron yn siwrwd,
Wrth gyrchu'r llo a'r gynffon hir,
I'r ffair o dir y Fairwood.

Ar ben yr heol clywais Huw
Yn enwi Duw yn ofer.
A gŵr o'r fro ar gwrs o frys
Am lwgu Eglwys Loeger.
O glyw y cler eis inau ymhell
Roedd hynu yn well o'r hanner.

Ynghau y Fotty gyda'r wawr.
Bu nadu mawr a neidio.
Cath y Fron a chath Ty Fry
Bron crygu wrth ddysgu cnipio.
A chath fy nain ai grudd yn wleb
Yn poeri i wyneb pero.

Clywsoch gyngor lawer gwaith
Am beidio gwrando chwedel
Fod cymeriadau dynion da
Yn gyfa yn eu gafael
Ond aeth hynu medde Ann
Yn angho yn Llanfihangel.

Gwelais ddwy lygoden ddel
Yn feddw ar ben y Wyddfa
A phlisman hefo hears y plwy
Am nôl y ddwy i'r ddalfa.
Ond diangc wnaethant trwy y glyn
I bori at lyn y Bala.

Y Ddau Ffuretwr

Mae yn y fferm gyfagos
Rhyw wningod heb eu bath,
Mae rhai 'run faint a mulod
A'r lleill yn llai na'r gath;
Daeth yma ddau ffuretwr,
Roedd un a'i farf yn hir,
A'r llall heb orffen siafio,
'Wel ie,' dyna'r gwir.

Roedd ganddynt fil o rwydi,
A tair hen ffuret wen,
Wel wir mi'r o'wn yn 'nyble
Yn chwerthin am eu pen;
Ond dyna fyned ati,
I roddi rhwydi lawr,
Roedd un mewn pembleth dybryd,
Tra'i drwyn yn llusgo'r llawr.

Aeth llall i morol ffuret
Gan dorchi'n awr ei grys,
A chydiodd yn y sgyren
Nes tori darn o'i fys:
Wel wir beth wnawn y rwan –
Dos at y Meddyg rhad,
A dywed wrtho'n dyner
Am roddi bil i'th dad.

Da'i ddim cyn cael ffureta,
Mi fentra i fy siawns,
Gad i mi gael rhyw wydryn
Cyn dechreu ar y ddawns;

Mi ddaliwn i bob copa
Cei weled cyn bo hir,
A byddi di a fine
'N ddau ore trwy y Sir.

Wel paid a meddwl gormod
O honom ni eill dau,
Rhag ofn bydd, 'Meister Dici'
A minnau yn cael ffrau;
Ac felly ni chawn fyned
I'n unlle yn y Sir,
Fydd hwn a'i ddwrn yn bygwth
A thynu wyneb hir.

Na hidia ebe William
Mi wnawn ein gore'n awr,
Mi awn i ati o ddifrif
Cawn weld mhen hanner awr;
Faint ddaw i mewn i'r rhwydi,
Os clywi sŵn neu sgrech
Mi elli benderfynu,
Bydd ynddi bump neu chwech.

Ond dacw un yn dianc
Gan sgrechian, 'dyna dro'
Medd Jack gan ddechreu rhegi
Nes adsain trwy y fro;
Wel dyna hi hen golled
A honno yn un gas,
Aeth Jack i ddechreu chwerthin
A Will i ganu bas.

'Wel pam yr wyt yn canu
Medd Jack wrth Will yn hy,
'Gweld cwningen wedi dianc
A honno yn un ddu;'
'Paham 'r wyt ti yn chwerthin'
Medd Will wrth Jack drachefn
'Gweld ffuret wrth ei chynffon
Yn joci ar ei chefn!'

Yn wir mae 'Meister' Dici
Yn dyfod, 'dacw fo',
A golwg mwya ffyrnig
Fel pe ar fynd o'i go;
Cyrhaedda tu ag atom
Gan fwmian rhyngo'i hun,
Ni welais yn fy mywyd
Ddau ffretwr mor ddilun.

R.O. o dan do
Yn gwylio'r ddau lo.

Dipin o bopeth

Un dipin yn sarig a'r noson o farig
Oedd Hugh Tyn-y-coed pan losgodd ei droed,
A thipin o fancy oedd het ar ben Nancy
Pan myned i'r loby i weld nain yn codi.

A glywsoch chwi'r hogyn yn gweiddi am ffowlyn
Pan welodd yr hen Will aeth yn synod o swil
Roedd nain'n blingo gwningien, ond toedd hi'n hen sgyren
A'i gwneyd erbyn cinio mewn hen badell ffrio.

A thipin o hen siom a gafodd f'ewyrth Tom,
Pan aeth o i'w wely a'r gath ynddo'n cysgu
Rhyfeddwn inau ddim pe gwelwn yr hen Jim
Yn codi yn sydyn, lawr grisiau i'r gegin.

Os oedd arno eisiau bwyd, cyfodai'n syth o'i glwyd.
A bwyta ei ore, hyd doriad gwawr bore
Cyfododd yr hen Sian fe ai gwelodd wrth tan
Mewn cadair yn cysgu ai gietyn yn mygu.

R.O.

Cyflafan y Coitio

Aeth pedwar llencyn heini
I goitio i Ddol Wen,
A thaflodd Dafydd goeiten
Nes hitio Mei'n ei ben;
Ond dyna lle bu gweiddi
A hynny yn bur groch,
Wrth weld y gwaed yn rhedeg,
I lawr ar hyd ei foch.

Ond toc fe ddaeth rhyw dyrfa
O bobl at y lle,
A holi hwn, ac arall
Beth a gymerodd le;
Doedd 'run o'r llanciau druain
Yn gwneuthur fawr o stwr,
Ond chwilio am y piser,
A lonaid e' o ddwr.

'Pa fodd y gwnaeth hyn ddigwydd
Gofynnai'r wraig mewn braw,'
Y lle oedd yn bur fudr
A'n nwylo ine'n faw:
Ac felly aeth y goiten
I fyny tua'r nen,
A disgyn wnaeth fel mellten
Yn union ar ei ben.

A galwyd am y Meddyg
Ddaeth yno yn bur chwys,
Dechreua dynnu am dano
A thorchi'n awr ei grys:
Ac yna aeth i molchi
Y claf a thrwsio'r briw,
A'r cyngor ar ôl gorffen,
Rhowch iddo botes Ciw.

Daeth Will ac Emrys yno
Dechreuant gadw sŵn,
A hitiodd William Emrys
Yn syth ar dop ei drwyn:
Wel aros, ebe Emrys,
Os wyt am ymladd teg,
Tyrd yma bore fory
Cei glewten yn dy geg.

Os deuaf yna fory,
Medd William wrtho'n fraeth,
Cei ymladd hyd y bore,
Ni fyddaf fymryn gwaeth;
Cei weled erbyn hynny
Dim chwaneg o dy lol,
Bydd coesau a dy ddwylaw,
Yn glymbleth am dy fol.

Nis gwn beth ddaw o Deio
Mae yma holi tost,
A rhai yn ofni clywed
Rhaid iddo dalu'r gost:
Os felly daw hi arnat,
Dôs dithau ar dy hynt,
I 'mofyn am rhyw gymorth,
I dalu'r deugain punt.

Pan glywodd Dafydd hynny,
Edrychodd yn bur syn,
A'r dagrau oedd yn disgyn
I lawr ei ruddiau gwyn;
Ond paid ag ofni gyfaill
Doedd arnat ti ddim bai,
Fe basia'r goiten heibio
Pe buasai'r pen yn llai.

'R.O. o Four Cro'
Wel ie dyma fo.

Cân
(ar fesur 'Cân y Mochyn du')

Eis dydd Llun i Bentrevoelas,
Gwelais ddyn ar ben y cywlas,
Taflu gwair i mewn i'r daflod:
Yna codwm gadd i'r gwaelod
   Lili lon, meddai John,
   Lili lon, meddai John,
Ac ni welais i byth wedyn
Y fath godwm, meddai John.

Eis dydd Mawrth i shop Bryntrillyn
Gwelais yno ddarn o frethyn
Gofynais iddynt faint am lathen,
Cynigiwyd imi ddarn o wlanen:
   Lili lon, meddai John,
   Lili lon, meddai John,
Ac ni welais i byth wedyn,
Yr un wlanen, meddai John.

Eis dydd Mercher i ffor Croesses
I gael clytio godrau nhrywsus,
Mi eis yno mhen y tridiau,
Talu wneis i am y clytiau:
   Lili lon, meddai John,
   Lili lon, meddai John,
Wedi talu'n awr fy nyled,
'N tydwi hapus, meddai John.

Eis dydd Iau i fynydd Gaergoed
Gwelais ddefaid hardd ieuengoed,
Mi anfonais ci yw cyrchu,
Dyna'r tarw dechrau brefu:
   Lili lon, meddai John,
   Lili lon, meddai John,
Ac mi redais nerth fy ngarau,
Wedi dychryn, meddai John.

Eis dydd Gwener fan roedd gwenyn
Nol basgedaid fawr o fenyn,
Ac mi roddais bwys ar frachdan,
Dyna'r wraig yn dechrau tuchan:
　　Lili lon, meddai John,
　　Lili lon, meddai John,
　　Ac ni chlywais i byth wedyn,
　　'R un yn tuchan, meddai John.

Ac eis wedyn bore Sadwrn
Clybum boenau yn fy ngarddwn,
Cydiodd pigyn yn fy ochor,
Ac fe alwyd am y Doctor:
　　Lili lon, meddai John,
　　Lili lon, meddai John,
　　Ac fe ddwedwyd 'Inflamation',
　　Y sydd arnoch, meddai John.

Cyrheuddais adre cyn y Saboth
A ches faddon Pihaniroth,
Ynddo'n molchi i gid trosda,
Cyn mynd ati ddechrau bwta:
　　Lili lon, meddai John,
　　Lili lon, meddai John,
　　Ac fe eis yn awr i'r gwelu
　　Ac mi gysgais, meddai John.

Codais wedyn bore dranoeth,
Yna cefais f'hun yn droednoeth,
Rhois fy saneu am fy nghoesau,
Un o chwith a'r llall o ddethau:
　　Lili lon, meddai John,
　　Lili lon, meddai John,
　　Ac ni welais yn fy mywyd,
　　'R un mor chwithig, meddai John.

　　　　(R.O. heb weld y 'Bull'
　　　　Meddai John 'n toedd e ddwl.)

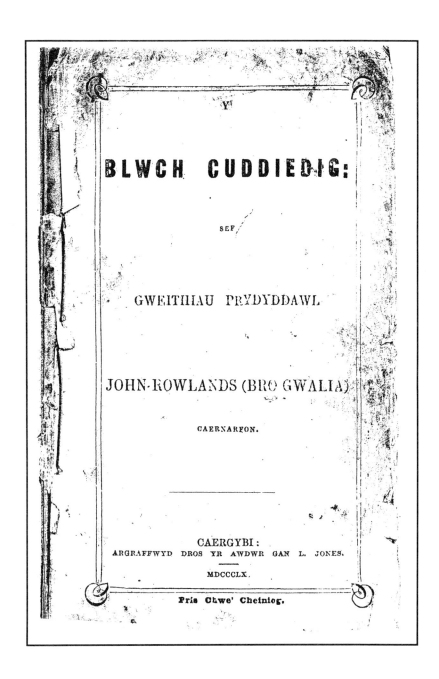

Y

BLWCH CUDDIEDIG:

SEF

GWEITHIAU PRYDYDDAWL

JOHN-ROWLANDS (BRO GWALIA)

CAERNARFON.

CAERGYBI:
ARGRAFFWYD DROS YR AWDWR GAN L. JONES.

MDCCCLX.

Pris Chwe' Cheiniog.

Bro Gwalia
Cocosfardd Caernarfon

Dyfynnir yr ysgrif hon o waith Bedwyr Lewis Jones (atgynhyrchwyd o'r
Casglwr, rhif 8, Awst 1979) yn gyflwyniad i waith John Rowlands,
Bro Gwalia – Cocosfardd Caernarfon

* * *

Bardd yr hen Ben-Cei yng Nghaernarfon ychydig dros gan mlynedd yn ôl
oedd Bro Gwalia. Adeg lansio sgwner newydd byddai Bro yno gyda
phennill addas ar gyfer yr achlysur, yn dymuno'n dda i'r llong ac i'w
chapten.

Byr fyddai'r cyfarchion barddol hyn gan amlaf, dim ond pedair llinell.
Galwai Bro hwy'n englynion, ond yn nifer eu llinellau yn unig yr oeddynt
yn debyg i englyn, – hwn, er enghraifft, i'r sgwner 'Evelina':

Llong hardd yw Evelina,
Campus ei gwaith, a chadarn ei defnyddia';
Llechau a nwyddau a garia i bob partha';
Rhwyga hefyd trwy'r eigion donna'.

Hawliai ambell achlysur gyfarchiad hwy. 'Llinellau' oedd term Bro am
y cyfarchion mwy uchelgeisiol hynny.

John Rowlands oedd enw iawn y prydydd, a dyna hynny o ffeithiau
bywgraffyddol a wn i amdano ac eithrio iddo gyhoeddi dau lyfryn o'i
gerddi. *Y Blwch Cuddiedig* oedd y cyntaf o'r rheini, llyfryn 36 tudalen a
argraffwyd yn 1860 gan L. Jones yng Nghaergybi. Lewis Jones, arloeswr y
Wladfa ym Mhatagonia oedd yr argraffydd. Bwriasai ef ei brentisiaeth yn
brintar yng Nghaernarfon cyn symud yn 1857 i Gaergybi a mentro arni
gyda'i bartner Evan Jones yn argraffydd a chyhoeddwr yn y dre honno.

Y ddau yma a gychwynnodd *Y Punch Cymraeg* yng Nghaergybi yn
1858 a'i gyhoeddi yno am dair blynedd; ar un adeg gwerthent wyth mil o
gopïau ohono bob pythefnos. Buasai Lewis Jones yn adnabod Bro Gwalia
yng Nghaernarfon; buasai wrth ei fodd yn cael argraffu llyfryn o 'weithiau
prydyddawl' mor hynod â'r *Blwch Cuddiedig*.

Ail Lyfryn Bro oedd *Y Trysor Barddonawl* 1864, cyfrol glawr papur 48
tudalen. Yng Nghaernarfon gan Hugh Humphreys yr argraffwyd hon. Ar
du mewn y clawr cefn fe ddisgrifir ei chynnwys, yn drawiadol a digon
cywir, fel 'barddoniaeth o bob lled, hyd ac o bwysau'! Ar ei dechrau mae
apologia hynod gan yr awdur. Nid yw am ddweud dim 'mewn ffordd o
ganmoliaeth' i'r cerddi ac eithrio hyn, meddai, – 'fod lluaws o honynt

wedi eu barddoni ar gyfer amryw gystadlaethau pwysig; ac yn eu plith gallaf nodi Eisteddfod Fawr Genedlaethol Caernarfon; ac er nas gallaf ymffrostio fod yr un o honynt wedi ennill gwobr, eto gallaf ddywedyd oddiar sicrwydd, fod fy meirniaid yn eu rhestru yn uchel ym mhob cystadleuaeth, ond eu bod yn anghytuno â'r awdur o berthynas i nifer y sillau yn y llinellau, hyd y cyfansoddiadau, a rhyw fân bethau dibwys eraill'.

Argraffu'r llyfrynnau yn unig a wnaeth Lewis Jones a Hugh Humphreys, 'dros yr awdur'. Bro ei hun oedd yn cyhoeddi. Ef ei hun, hefyd, a'u gwerthai, am chwecheiniog y copi. Ond yr oedd ganddo ei noddwyr. Eben Fardd oedd un ohonynt; lluniodd ef englyn yn cymeradwyo'r *Blwch Cuddiedig* a'i awdur.

Tri arall oedd Eos Arfon, Ieuan Glan Gwyrfai a'r 'deryn brith hwnnw Robyn Ddu Eryri'. Y rhain a thynwyr coes llengar eraill tua Chaernarfon, mae'n siŵr gen i, oedd ynglŷn â threfnu i anrhegu Bro yn Rhagfyr 1862 â darlun ohono'i hun wedi ei baentio gan yr arlunydd Ap Caledfryn:

Ac felly mae'n sefyll a'i Rôl yn ei law,
A'r Blwch fu'n Guddiedig sy'n amlwg gerllaw . . .
O mae'r darlun yn hardd,
Mae'r darlun yn hardd,
Yn hynod o gywir a thebyg i'r Bardd.

Derbyniodd Bro rôl arall yn 1865, un grand ac enw Alfred Tennyson wrthi. Mae hanes y sgrôl hon wedi ei gofnodi gan J. Glyn Davies, – gŵr a feddyliai'r byd o Bro Gwalia a'i gerddi llongau, fel y gallesid disgwyl.

Roedd tad Glyn Davies a Hugh Owen yn aros yn y Tŷ Coch ar gwr Caernarfon, ac roedd parti mawreddog yno. Trawyd ar syniad i ddiddori'r gwahoddedigion, sef gwadd Bro yno a'i urddo. Cafwyd gafael ar rolyn o femrwn, llythrennu ar hwnnw dystysgrif yn datgan campau'r prydydd, a rhoi enw Alfred Tennyson ar y gwaelod. Aed i gyrchu Bro. Daeth yntau yn ei siwt orau.

Yn Tŷ Coch fe'i derbyniwyd gan un o'r cwmni yn cymryd arno mai Tennyson ydoedd. Daethai ef yno, meddai, yn unswydd oddi wrth y frenhines i dderbyn Bro yn aelod anrhydeddus o'r *Association of the Bards of the United Kingdom* ac i gyflwyno tystysgrif iddo.

Llyncodd y bardd y cwbwl. Pa ots am ddylni beirniaid mewn eisteddfod os oedd Tennyson ei hun yn gwybod am ei waith ac yn ei gymeradwyo! Roedd Bro wedi gwirioni. Adroddodd ddetholiad o'i gerddi, gan gynnwys ei hir-a-thoddaid enwog i'r Robin Goch:

Mae Robin Goch yn un o'r deryn
Sydd yn canu yn nechrau y gwanwyn.

Pan bydd y dail hefyd yn cwympo
Bydd ar y brigyn yno yn pyncio.
Pan fydd rhew ac eira
Bydd yn pigo y briwsion wrth y drysa'.

Pan gyrhaeddodd Bro yn ei ôl i'r dref dangosai'r dystysgrif i bawb a
adwaenai. Un o'r rhai a'i gwelodd oedd golygydd *Yr Herald*. Cadwodd
hwnnw hi a'i dwyn i'w swyddfa i'w harchwilio. I ffwrdd â Bro tua'r cei i
gwyno. Cyn pen dim yr oedd yn ei ôl yn swyddfa'r golygydd a chriw o
hogiau'r cei i'w ganlyn yn hawlio ei systifficat. Fe'i cafodd ac fe'i cariwyd
yn fuddugoliaethus ar ysgwyddau ei gyfeillion a'r rhôl yn ei law, tua'i
gartref.

Fel y Bardd Cocos yn ddiweddarach, ond heb lawn cymaint o
ddiniweidrwydd athrylithgar â'r creadur hwnnw, canodd Bro Gwalia
yntau i'r teulu brenhinol ac i bynciau dramatig mawr fel drylliad y Royal
Charter a'r Great Eastern. Canodd hefyd i'r pedwar llew ar Bont
Britannia ac i Farcwis Môn:

Ardalydd mawr Môn
Ymladdodd yn wrol â'i elynion.
Biwglo yn sowndio
A hwythau yn adrantio.
Meirch yn carlamu nerth eu carnau,
Yntau yn eu blaenori yn nerth ei gleddau.
Safodd yno fel dyn
Nes collodd ei glun.

A chanodd i bob math o greaduriaid. Dyma, er enghraifft, ei gerdd i'r
zebra:

Hardd anifail yw'r zebra,
Drwyddo y mae streipia' o liwia'.
Cyflym ydyw gyda'i gamra
Pan fyddo yn rhedeg dros y brynia' a'r pantia'.

a dyma'i 'Englyn Bob Tipyn i'r Pryf Copyn':

Dirwyn mae'r pryf copyn
Yn fuan i fyny i'w fwthyn.
Os aiff un pryfyn i'w fwthyn
Y mae o yn sicr o fod yn gorffyn.

Adroddai Bro y cerddi hyn a'u tebyg ar goedd gydag arddeliad. Yn nhre

Caernarfon yr oedd yn ffefryn ac yn gymeriad. Ei englynion a'i linellau adeg lansio llongau oedd ei arbenigrwydd. Am y rheini yr urddwyd ef yn 'fardd llawryfol' hogiau'r hen Ben-Cei yn nyddiau'r llongau hwyliau.

Englyn i'r Llong Mary Jenkins

Llong hardd yw *Mary Jenkins* am hwylio,
Cadarn o waith, gan Owen Barlow,
Rhwyga hefyd trwy'r môr heli,
Ac hefyd trwy'r weilgi.

Deddf y Brain

Pan fydd un o'r brain wedi troseddu,
Byddant yno'n heidiau i roi deddf arni,
Mawr sibrwd a chrygleisio trwy'r brigau,
Yn collfarnu y frân yma,
A'i bwrw i fod yn grogedig wrth hafn y brigau,
Yn esiampl i'r brain erbyn y tro nesa',
Dyna'r ddeddf a basiwyd ar y frân yma.

Englyn i'r carw

Er mor heini hefo'i gyrn yw y carw,
Rhaid iddo yntau yn y diwedd farw,
Er mor gyflym ydyw hefo'i gamrau,
Yn prancio ar hyd y parciau,
Daw diwedd ar ei derfyn yntau.

(Atgynhyrchwyd o'r Casglwr *rhif 8, Awst 1979)*

Rhagor o waith Bro Gwalia

Athroniaeth
Revolvio mae'r ddaear
Fel olwyn mewn olwyn,
Yn troi ar ei phegwn;
Yr haul sydd yn disgleirio,
A'r lleuad yn goleuo,
Y ser a'r planedau yn rulio yn yr wybren
Pob un yno yn eu helfen eu hunain;
Mellt yn gwibio trwy'r gwagle,
Taranau yn rhuo yn yr eangderau;

Corwyntoedd yn chwildroio
Trwy y cymylau lawr i'r ddaear,
Gan ddinystrio coedydd a dorau,
A muriau mewn manau.

I'r Wyddfa a chreigiau Eryri a'i thrymau

Y Wyddfa fawr Eryri
Goruwch mynyddau Cymru;
Mynyddau sydd i'w gwel'd megys bryniau
O'i thip-top hi,
A hithau yn edrych goruwch mynyddau fry;
Dyffrynoedd a'u llynau
Sydd i'w gweld megys ffynonau
O dan ei godreu hi,
A hithau yn edrych goruwch mynyddau fry.
Mawr yw gwaith Jehofa,
Lluniwr mynyddau a bryniau ar y cynta',
Lle mae chwarelau a mwngloddia',
A thrysorau i gael i feibion hil Adda,
Maent i'w cael i'w trosglwyddo
Yn *slates* bob parthau
Yn mron, lle mae trigolion o'r byd yn trigo
Y mae *slates* o'r chwarelau yn mynd yno.

I'r ganwyll

Rydd y ganwyll ddim goleuni,
Heb dân ar ei phen yn llosgi;
Ni fydd fawr o drefn ar ben dyn,
Os na bydd synwyr yno'n riwlio,
Fel mae'r ganwyll wedi'i goleuo.

Y Pelican

Mewn twll, mewn daear mae pelican yn nythu,
Yno y mae o yn dodwy ac yn gori,
Pan y bydd cywion bach ynddo yn chwareu,
Bydd yntau yn strellio dwfr i'r nyth o'i big allan,
A hwythau yn nofio yno yn eu hanian,
Nes y byddant yn barod i hedfan oddiyno,
I le arall i breswylio;

Y llew yn dyfod trwy'r goedwig.
Dan ruo yno yn sychedig,
Yn drachtio dwfr o'r nyth,
Lle yr oedd y cywion yn chwareu,
Yn myned i ffordd oddiyna dan lyfu ei weflau,
Heb wneyd niwaid i'r cywion bach yma.

Yr Ant-eater

O! drefn sydd gan yr Ant-eater,
Yn estyn ei dafod mawr allan,
I ddenu man bryfaid bychain,
A'i osod yn dra llonydd,
A hwythau'n dyfod arno yn gweu trwy eu gilydd
Ag yntau yn dechreu aflonyddu
Yn barod i'w llyngcu,
Trwy safn i'w fol bob tipyn,
Gannoedd o forgrugyn,
Nes y cafodd ei lwyr foddloni,
Ar y man bryfaid y mae wedi lyngcu,
O'r drefn sydd gan y bwystfil
I lenwi ei hen grombil.

Hir a Thoddaid i'r Bont Saint

Bont Saint lle mae'r cerbydau yn myn'd drosti,
A'r afon yn rhedeg o dani,
Yn curlio i lawr i'r môr heli,
Dyna ddiwedd ei therfyn hi,
Llanw yn llyngcu y lli,
Dyna ddiwedd ei chân hi.

Englyn i Mr Robert Evans, Pool Street

Un medrus a doniol,
Yw Evans mewn pob moddion,
Dirwestwr hefyd ffyddlon,
Mae yn sicr o gadw ei goron.

Englyn i'r bardd 'Talhaiarn'

Un enwog ei ddoniau a diddan,
Yw'r gwrol fardd Talhaiarn,
Dwy iaith wrth araith sydd ganddo,
A barddoniaeth heb un diffyg arno.

Dau englyn i Llew Llwyfo

How ai ê, ai Llew wyt ti,
Dy araith a'th ddawn sy'n haeddu mawl,
Troelli fel troellau
Y maent o enau yr enwog fardd yma.

Llew dof yw'n Llew ni,
Addfwyn a serchog,
Cadw pawb mae yn galonog,
Mewn modd ardderchog.

Englyn i Ann

Ann, anwyl yw enw'r plentyn,
Ann anwyl ydyw hi bob tipyn,
A'i gwallt sydd fel pomgranadau
Ar ben yr anwyl Ann yma.

Englyn Cynwysfawr

Ni bu erioed lanw na byddai drai,
Felly mae'r dydd a'r nos yn parhau,
Felly mae'n diwedd ninau yn agoshau,
Felly yr ydym i gyd yn bryfyn brau.

Englyn i gwymp Adda

Efa demtiodd Adda i fwyta o'r afal,
Hyd heddyw mae arnynt ddial,
Buasai yma yn baradwys nefol,
Oni bai iddo fwyta erioed o'r afal.

Englyn i'r tobacco a'r smocio

Difyr yw cael mygyn o'r tobacco cwta,
O'r bibell gleiog yn ddiameu,
Pan fydd mwg yn d'od allan o'r genau,
Bydd yn beraidd yn y boreu.

Fy nau aderyn

Am ganari rwy'n 'morol i ganu,
A nico rwyf i'n leicio,
I ber-leisio ben boreu,
I ddifyru Bardd Bro Gwalia.

I ryw rai

Llwyddiant fo i chwi Mali,
A chwithau eilwaith Doli,
Nos dawch i chwi, am a wn i,
Nes y dof eilwaith i ymwel'd â chwi.

AIL-ARGRAFFIAD.

Y BELLEN FRAITH :

GAN YR

ANELLYN,

Daniel Davies

Ty Croes, Y Felin Wen, Abergwili, Swydd Gaerfyrddin.

Agor dy drysor, dod can—trwy gallwedd,
Tra gellych i'r truan ;
Gwell ryw awr golli'r arian,
Na chau'r god a nychu'r gwan.

IEUAN BRYDYDD HIR.

Argraffedig ar gais neillduol yr Awdwr gan

J. R. LEWIS, 104, HEOL-Y-PRIOR, CAERFYRDDIN.

Anellyn
Bardd y Felin Wen

Gwëydd a flodeuodd fel bardd yn ystod saithdegau ac wythdegau y ganrif ddiwethaf oedd Anellyn. Cyhoeddwyd casgliad o ryfeddodau ei greadigaethau mewn cyfrol fechan *Y Bellen Fraith* (argraffwyd gan J.R. Lewis, Caerfyrddin). Yn ôl Cledwyn Fychan, Arthur Simon Jones oedd ei enw bedydd ac roedd yr hen frawd yn hollol anllythrennog ac felly'n anymwybodol o'r hwyl a gâi rhai o'i gyd-feirdd wrth laschwerthin mewn mân nodiadau yn y gyfrol. Rydym yn ddyledus i'r Athro Hywel Teifi Edwards am ddadeni gwaith Anellyn mewn cyfres o sgyrsiau difyr ar radio a theledu rai blynyddoedd yn ôl.

Pentref bychan ger Abergwili, yn nyffryn Tywi, yw'r Felin Wen a dyma ddisgrifiad o'r ardal gan gyfeillion y bardd a gofnododd ei benillion:

Er mai bychan ydyw pentref y Felin Wen, y mae yn adnabyddus ac enwog. Y mae yma Ysgol Ddyddiol gref a blodeuol, Capel Bedyddiol bychan destlus, Ysgol Sul Annibynol boblog a llwyddianus, ac fel mae gwaethaf y modd dair o Dafarnau; ond y gwrthddrych hynotaf yma ac yn yr holl amgylchoedd, ar gyfrif y ddawn brydyddol benigamp a pharod sydd yn ei feddiant, ydyw y gweydd-fardd doniolgamp, digyffelyb, yr Anellyn. Enw yr afon a rêd drwy ein pentref, ac heibio i Efail y Gôf, ydyw yr Anell, yr hon a dardd ar y mynydd tu hwnt i'r Pantteg, ac a ymdywallt i Dywi ychydig islaw'r pentref.

Oddi wrth yr afon y cafodd y gweydd ei enw barddol.

Mae'n debyg i'r hen wëydd ddod i amlygrwydd ymysg y frawdoliaeth farddol mewn eisteddfod yn y cylch. Dyma'r dyfyniad o'r *Celt* sy'n adrodd yr hanes yn y gyfrol:

Byth er yr Eisteddfod Fawreddog a gynnaliwyd yma saith mlynedd yn ôl, pan gafodd yr Anellyn gwdyn gwyrdd, yn cynnwys haner coron am yr Englyn (!) anghyffelyb i'r *Suspension Bridge*, y mae efe yn parhau i gyfansoddi prydyddiaeth benrydd, heb ei bath, ar fesur tebyg i draethodl weithiau, ac ar y pumed mesur a'r ugain cerdd-dafod bryd arall; yr Englyn (!), yn rhinwedd yr hwn y gwelwyd ef ar lwyfan Eisteddfod gyntaf erioed, ydyw y 'pishin' (ei chwedl yntau) i'r *Suspension Bridge*. Parodd darllen yr Englyn (!) canlynol gan y Beirniad, fwy llondrwst llaw a llawen chwerthin nag a fu na chynt na chwedi yn yr Eisteddfod.

Gwëydd wrth ei gelfyddyd ydyw y Bardd; ac er ei fod yn grefftwr da, ac yn ddyn syml a thawel, nid ydyw wedi cael dim manteision dysg, yr hyn sydd yn golled fawr iddo, fel y dywed ef ei hun yn aml; oblegyd

ei gred ydyw, y medrai gystadlu â goreuon Beirdd Dyffryn Tywi, a
phob dyffryn arall, pe bai yn medru trin ysgrifell, ac yn gwybod gair ar
lyfr.

Y mae gair da iddo gan bawb fel crefftwr a chymmydog, a diamheu
y treuliai ei ddydd heb i neb weled dim hynodrwydd ynddo, oni bai ei
gynnyrchion barddonol heb ail iddynt. Dyma yr Englyn i'r Bont Wifr:-

Wele bont *wire* yn gro's ar Dewi,
Rhwng bryn a dyffryn mae wedi 'i dodi;
Mae'n gyfleus iawn i wyr 'r ochr draw ei chroesi,
I ofyn i Mr Thomas, y Felin, pryd ca'n nhw falu.

* * *

Bu llawer o sôn a siarad yn nghylch dwy flynedd yn ôl y cynnelid
Eisteddfod yn Abergwili, a thybid gan yr Anellyn y byddai 'Pont
Abergwili' yn un o'i thestynau cystadleuol; felly dechreuodd yn
brydlawn fwrw llinellau at eu gilydd, gan gwbl gredu y llwyddai i gael
cwdyn yn wobr am ei gyfansoddiad anghyffredin.

Gorphenodd ei 'bishin' barddonol rhyfedd a hynod, ond yn
anffodus iddo ef ni anturiwyd cynnal Eisteddfod. Ni fynai er dim
adael i'w draethodl ar y testyn uchod gael ei hargraffu tra y parhäi y
gobaith lleiaf am Eisteddfod, ond yn awr, wedi i bob siarad am dani
ddarfod, y mae yn foddlawn i'w gân gael ymddangos er budd, boddhâd
a dyddanwch llengarwyr Cymreig.

Dyma'r Bryddest ddoniolgamp yn gywir i'r llythyren, fel yr
adroddir hi ganddo. Pwy a glywodd ei thebyg? Neb:-

Wele bont o feini,
Wedi'i *buildio* yn groes ar afon Abergwili;
Rwy'n credu gallai 'i chroesi
Heb achos ofni na chrynu;
Rhwng dau blwy' mae'n bod,
Gall pawb ei chroesi heb 'lwchu'i dro'd;
Mae'n *handy* iawn dros ben
I fyn'd i falu i Felin Ysgob a Felin Wen;
Mae'n gyfleus iawn i bobl ei chroesi,
I ddwad i 'Steddfod Abergwili,
I glywed fath adrodd a chanu;
Mae'n ddigon cryf i geirts, cyffyle, da, moch, defed,
Gwydde, lloi bach, a bobl ei chroesi,
I fyn'd i Gaerfyrddin i brynu a gwerthu,
Dyna ffordd y mae masnachu.

94

Pryddest gynnwysfawr dan gamp, onide? Mae yr Awdur yn synu ei hun iddo allu meddwl am y fath *menagerie* yn myned dros y bont, ac y mae yn credu mai hon ydyw un o'r goreuon o orchestion ei awen barod. Nid rhyfedd fod beirddion Glan Cothi, y Felingwm, Pencader, a Llandybie, yn crynu yn eu crwyn pan fyddo yr Anellyn yn bwrw awen ar gyfer Eisteddfod. Mae yr Awdur (heb gellwair) yn ddifai gwëydd, yn gymmydog tawel, ac yn *ddyn cyfan* yn mhob trafodaeth. Heb ei awen (!) ni fuasai dim hynodrwydd yn perthyn iddo, ac oni buasai Eisteddfodau y Felin Wen, Pont ar Gothi, a Nantgaredig ni fuasai ei gymmydogion a'i gydnabod wedi gweled dim gwiriondeb ynddo!

* * *

Rhagor o awen Anellyn:

Penillion i bentref y Felingwm

(Gwobrwyedig)

Dyma bentref da i'w ryfeddu,
Felingwm, yn cael ei gadw'n lân a *thidy*;
Mae yma efail dda i'w ryfeddu,
A dau ôf sy'n gweithio ynddi;
Y mae yma felin *didy*,
I falu'r llafur bant gyda hyny;
Mae yma ysgol ddyddiol,
I ddysgu'r plant yn ysgolheigion.

Mae yma siopau hardd i'w ryfeddu,
Lle cewch bobpeth dim ond prynu;
Mae afon Cloidach yn myn'd drwy'r lle,
Yn hon cawn ddŵr i weithio te;
Mae yma ddau dafarn cyfleus i'w ryfeddu,
Penbont a'r Plough, os caf eu henwi,
Lle gwelais lawer un yn rhedeg
O bryd i bryd i dori ei syched,
Ac ambell un pan bydd ar bws,
Yn cnoco'i ben yn erbyn drws.

Mae yma grefftwyr gwych yn bod,
Rhai yn myn'd a rhai yn do'd;
Sa'r a Chrydd, y goreu'n bod;
Dafydd Jones sy'n grefftwr *tidy*,
Mae e'n haeddu cael ei barchu;
Dau o wëyddion sydd ganddo fe
I weithio gwlaneni i fyn'd i'r dre,
A brethynau gyda hyny;
Mae yma felin *bandy*
Gael panu brethyn a blancedi.

Mae yma gapel da i'w ryfeddu,
Lle mae dynion yn myn'd i addoli;
Mae yma bont o feini,
A phontbren gyda hyny;
Mae yma ffermydd lawer iawn,
A meusydd gwyrddlas yn od o lawn,
Yr adar bach sydd yma'n canu
Yn hyfryd iawn foreu a phrydnawn;
Mae yma goedydd pert i'w ryfeddu,
Lle mae adar du yn canu;
Dynion serchus iawn sydd yno,
A phob un yn leico gweithio,
A phob un yn codi'n foreu
Cyn i'r haul dd'od dros y bryniau;
Nawr mae'r Bardd yn rhoi heibio canu,
Gwnewch yn onest pan yn barnu.

Y Llygad

Canwyll y corff yw y llygad,
Mae yn gwel'd yn bell mewn eiliad;
Fe wel i fyny, ac fe wel i lawr,
Fe wel bethau bach a phethau mawr.

Dau benill i Afon Tywi

(Rhoddwyd *special prize* i'r Bardd am yr Englynion (!) hyn,
a gwnaed casgliad iddo yn yr Eisteddfod.)

Afon dda yw afon Tywi,
A phob pysgod sydd ynddi;
Afon dda am shewin,
Afon dda am frithyll,
Afon dda am lyswen.

Afon dda am samwn,
Afon dda am scatsin,
Afon dda am fflwcsen,
Ac hefyd am lampren.

Dau bennill i'r Wenynen

A ennillasant *special prize* yn Eisteddfod y Felinwen, Groglith 1889

Y mae'r Wenynen fach
Yn ddiwyd iawn,
Hedfan o flodyn i flodyn
Lawer awr.

Casglu yn yr haf erbyn y gauaf –
Mêl i ddynion i fwyta;
Mae ei thŷ fel Arch Noah,
I fyw dros y gauaf.

Penillion i Fanc Myrddin

Cafodd yr awdwr wobr arbenig am y Penillion hyn yn Eisteddfod
Abergwili

Banc Myrddin yw'r banc goreu yn Nghymru,
Rhwng Felinwen ac Abergwili,
Lle cas yr hen Fyrddin, y prophwyd, ei gladdu;
Y mae ef wedi prophwydo
Am y gath a'r winci,
Sydd yn rhedeg ar lan Tywi, –
Ac yr wyf yn credu
Mae'r *telegraph* a'r *train* yw'r rheiny.

O dan y bryn fe saif Brynmyrddin,
Y mae yn balas anghyffredin,
Lle mae Squire Morris, y gŵr haelionus,
Sydd yn wastad yn lled hapus.
Mae golygfa anghyffredin
Ar ôl dringo i *dop* Myrddin –
Gwel'd y wlad i gyd oddeutu,
O Lanstephan i Landdyfri.

Afon Tywi sydd yn brydferth,
Yn rhedeg lawr heb fawr o drafferth;
Mae'r olwg arni o Fanc Myrddin
Yn ogoneddus yn y dyffryn.
Fel y neidyr y mae yn teithio
I lawr i'r môr lle mae llongau yn nofio;
Ceir gwel'd castelli o Fanc Myrddin,
Lle buodd brwydrau yn peri dychryn.

Mae Twr Paxton yn y golwg,
A'r gwaith calch yn eithaf amlwg;
Mae llawer o ddynion o Gaerfyrddin
Yn myn'd i rodio i *dop* Myrddin;
Mae hen dref enwog Caerfyrddin
I'w gwel'd yn brydferth o *dop* Myrddin;
Y Frenni fawr yn Sir Benfro
Sydd yn amlwg oddi yno.

Tri Phenill i'r Felin Wen

Ymddangosodd y sylwadau a'r penillion canlynol yn y *Celt*, Awst 13, 1886

Y mae gair o eglurhâd yn angenrheidiol wrth roi y penillion tra champus canlynol o waith awen fyrbwyll a pharod y gwëyddfardd hynodfawr, 'Yr Anellyn', mewn argraff. Cynhaliwyd Eisteddfod lewyrchus yn mhentref y Felin Wen, y Llungwyn diweddaf, ac un o destynau y gystadleuaeth oedd, 'Penillion i Bentref y Felin Wen'. Ymgeisiodd yr 'Anellyn', a chafodd wobr arbenig, *special prize* (ei chwedl yntau). Nid oes dim amheuaeth yn nghalon y bardd nad efe yw pen bardd y fro; a diamheuol yw ei fod yn ddi-gyffelyb am fwrw awen ar y pumed mesur ar ugain. Nid oes neb a'i cystadla yn y ddosbarth farddonol yr ymarfer efe â hi. Y mae yn grefftwr medrus, a

chymmydog tawel a dymunol. Barned y darllenydd pa beth yw ei hyd
a'i led fel prydydd:-

Dyma bentre glân dros ben,
A'i enw'n wir yw Felin Wen:
Mae yma efail dda i'w r'feddu,
A dau ôf sy'n gweithio ynddi;
A *shop* y sâ'r sydd wrth ei thalcen,
Lle gwelir John yn llon a llawen.

Y mae yma felin *didy*,
Ac ynddi mae tri phâr o feini;
Wrth y dŵr mae'r rhod yn troi
Er mwyn i bawb fyn'd adre'n gloi;
Ac mae'r odyn wrth ei ffrant,
Er mwyn crasu'r llafur bant.
Mae yma grefftwyr gwych yn bod –
Crydd a theilwr, a Jacky Job,
Pysgotwr, clocswr, a *shop* hardd,
Meiswn, maer, gwëydd a bardd.

Yma hefyd mae *post-office*,
Lle gellir prynu cacs a thaffis;
A thri ty tafarn cyfleus anghommon,
White Mill, White Horse, heb law White Lion;
Lle gwelir llawer un yn rhedeg
O bryd i bryd i dori'i syched,
Ac ambell un pan bydd ar bŵs
Yn cnoco'i ben yn erbyn drws;
Pont o feini a phontbren bren,
A thyna'r gân i gyd ar ben.

Englyn i'r aradr

Llwyddodd yr englyn hwn i ddwyn gwobr arbenig i'r Awdwr

Aradr gywrain o waith y gôf,
Aradr i aredig y gwndwn glâs,
Aradr i aredig y tir coch,
Aradr i aredig y tir *sofl,*
Aradr i aredig y tir *green crop;*
Ni all yr aradr aredig dim
Os na fydd dau geffyl yn ei thynu,
A dyn ar ei hol yn eithaf tyn.

Yr Hen Gaseg Darkey

Cafodd yr awdwr wobr arbenig am yr alargan hon yn Eisteddfod
Nantgaredig.

Thomas Williams, Llandilo-fach,
Oedd yn berchen ar hen gaseg ddall,
Yr oedd hi yn greadur go *smart,*
Fe dynodd hi lawer cart;
Dark oedd ei henw,
Mae wedi marw,
Fe gariodd hi lawer iawn o gwrw.
Nid oedd hi yn greadur balch,
Fe gariodd hi lawer llwyth o galch;
Ond am y glo fwy na hyny,
Fe gariodd lawer o dynelli.
I Lanegwad aeth hi â chwrw,
Nes iddi ddysgu Twm yn feddw;
Aros oedd hi wrth y drwse,
I ddisgwyl Twm i dd'od tuag adre;
Mewn 'r oedd Twm yn hala'r *profit,*
Cael myn'd gartref yn ddiofid.
Boreu tranoeth 'r oedd e'n dechreu gwylltu,
Chwilio'r tocyns oedd e wedi golli.
'Nawr rwyf yn terfynu
Gan roddi heibio'r gaseg Darkey.

Cofgolofn Picton

Rhoddwyd gwobr arbenig a bathodyn arian i'r Bardd am yr Englynion
hyn, yn yr Eisteddfod a gynhaliwyd yn Nghaerfyrddin yn y flwyddyn
1896, a chadeiriwyd ef gyda rhwysg a rhodres anghyffredin, yn gysson
â rhaith a rheol Gorsedd Beirdd Ynys Prydain.

> Dyma *fonument* pert i'w r'feddu,
>> Wedi ei *fuildio* yn *didy*,
>> Gwaith meiswniaid goreu Cymru,
>> Nid oes neb eto wedi eu maeddu!

> Yr oedd General Picton yn rhyfelwr da i'w r'feddu,
>> Wedi ymladd llawer brwydr gyda hyny;
>> Yn waterloo y bu'n ymdrechu
>> I ladd dynion gwyn a dynion du.

I'r Tafod

Aelod bach o'r corff yw'r tafod,
Yr hwn sy'n d'wedyd pethau hynod;
Heb y tafod ni ellwch siarad
Ag undyn byw na dweyd eich profiad;
Heb y tafod ni ellwch waeddu,
Heb y tafod ni ellwch ganu,
Heb y tafod ni ellwch lyncu,
Heb un tafod byddech yn siwr o dagu.

Afon Granell

Afon fach yw'r afon hyn,
O'r mynydd mae'n tarddu;
Trwy'r cwmydd a'r gwastadedd
Mae'n rhedeg lawr i Afon Towi.

Pan fyddo'n troi ei phen
At bentre'r Felin Wen,
Mae Deio'r Gôf, Daniel y Felin, a Jany
Yn myn'd â golwg syn,
Rhag ofn iddi fyn'd mewn a myn'd bant
A'r cwrw, a'r *brandy*, a'r licwr, a'r *gin*.

Derwen Llanegwad

Derbyniodd yr awdwr *special prize* am y cyfansoddiad a ganlyn mewn Eisteddfod daleithiol a gynhaliwyd yn Llanegwad, dan nawdd urddasolion a gwreng glodwiw dyffryn Tywi.

Cwyd yr Anellyn ei ben i fyny
I gael cipolwg ar y pren sy'n tyfu;
Rhwng y *Coffee House* a'r Lion
Y lleda'i wraidd a'i gangau hirion;
Defnyddiol yw'r pren i weithio ffwrwmau,
Bord *round*, bord sgwâr, a thalcen gwelyau;
Wheels cart ag ambell glocsen,
Well done! yr hen dderwen;
Defnyddiol yw hefyd i wneyd llongau,
Cryfion eu hestyll a'u hasenau,
I nofio ar wyneb y dyfnder
Heb ofn na phryder;
A chludo i'r gwledydd newyddion a moethau,
A chludo yn ôl dda, moch, a cheffylau.
Y pren goreu o'r goedwig, mae'n haeddu cael clod,
I weithio pob arfau a 'stolau tair tro'd.
    Anrhydedd fo'th enw,
    A'th olwg, mor hardd!
    Gwneyd arch i'm cadw,
    A chadair i'r bardd.

Englyn i dŷ gwair y Felin Wen

Dyma dŷ gwair cyfleus i'w r'feddu,
    I gadw gwair 'n lle ei fod e'n g'lwchu;
    Wyth post harn sy'n ddal e i fyny,'
A thils Carnarvon yn ei doi e'n *didy*.

SIMLEIAU'R CWM

GAN

FFYMERYDD JONES

SEF :—

(COCOS-FARDD Y DE).

ANERCHIAD Y BARDD.

Pa fardd erioed yn " Mhrydain Fawr"
  Fu'n gymaint cawr o feddwl,
A'r gwr sy'n gyru'r gân i'r wal
  Mewn ffaldiral ddidrwbl ;
Efe yw Swip Simliau'r Cwm
  Sydd beunydd o dan bwys ei bwn.

Un o Feirdd yr Hafod.

PONTYPRIDD :
ARGRAFFWYD DROS YR AWDWR.

1897.

Ffumerydd Jones
Cocos-fardd y De

Glanhawr simneiau a gwerthwr huddug oedd Elias Jones, Taran y Pistyll, Hafod ger Pontypridd. Fel y Bardd Cocos o Fôn, roedd ganddo yntau asen at ei waith bob dydd. Honno fyddai'n cario'i offer a'i sachau huddug a byddai'n hysbysebu (ar ffurf penillion yn aml) bod un ar werth ganddo bob hyn a hyn. Mae'n cyfeirio mewn un gerdd mai wrth gerdded linc-di-lonc gyda'i asen y byddai'n taro ar fydr ac yn trefnu ei feddyliau yn llinellau ar y mydr hwnnw. Penillion byrion, byrfyfyr a gadwai ar ei gof o'u hadrodd a'u hailadrodd i gyfeiliant camau ei asen wrth grwydro'r cymoedd oedd ffrwyth ei awen.

Mae'n cyfeirio at y Rhondda Fawr, afon Taf, y Porth, Tonyrefail a Threhafod yn fynych yn ei gerddi ac mae'n amlwg mai hwnnw oedd ei batshyn. Cyfeirir ato fel 'un o feirdd y Rhondda' ac mae yntau'n galw'i hun yn 'fardd y parddu'. Cymreigiad nodweddiadol Fictorianaidd o *chimney-sweep* yw *ffumerydd* a dyna'r esboniad ar ei enw barddol. Ei alwedigaeth hefyd roes deitl ei gyfrol iddo *Simleiau'r Cwm* a argraffwyd ar ei ran ym Mhontypridd yn 1897. Mae'i waith bob dydd yn amlwg ddigon yn y pennill digon gwawdlyd sydd ar wynebddalen ei gyfrol gan 'Un o Feirdd yr Hafod':

Pa fardd erioed ym 'Mhrydain Fawr'
Fu'n gymaint cawr o feddwl,
A'r gwr sy'n gyru'r gân i'r wal
Mewn ffaldiral ddidrwbl;
Efe yw Swip Simliau'r Cwm
Sydd beunydd o dan bwys ei bwn.

Oedd, roedd gan y cocosfardd hwn hefyd ei wawdwyr dewr oedd yn ei wthio ar lwyfannau cyhoeddus gan ymguddio yng nghysgod y llenni i grechwenu ar ei gilydd.

Eto, englynion cyfarch Ffumerydd Jones gan orseddogion y cymoedd ar achlysur ei ffug-gadeirio ryw dro yw cynnyrch mwyaf gwachul y gyfrol erbyn heddiw! Llawer difyrrach yw'r darlun o'r glanhawr simnai a'i sachaid o ofalon sydd ym mhenillion gwreiddiol ac uniongyrchol Cocos-fardd y De. Doedd hi ddim yn hawdd iddo ennill ei damaid a chael ei dalu yn deg ac roedd yn pwyso yn drwm ar ddawn perswad yr awen wrth geisio gwerthu huddug at wrteithio'r tir a chadw malwod o'r cnydau ar adegau. O dro i'w gilydd, bu'n rhaid iddo amddiffyn ei hun gerbron yr

awdurdodau ac mae rhai o'i anerchiadau yn Saesneg, ond eto'n darlunio'r
un ddawn ddiniwed a difyr wrth glymu geiriau wrth ei gilydd.

* * *

Detholiad o Simleiau'r Cwm

Aelwyd fy nghryd

Ar hen gareg aelwyd fy nghryd,
Yn gorwedd i lawr yn fy hyd;
Fy mam oedd yn hoew a glan,
Twymo fy nhraed o flaen y tan.

Ar gareg yr aelwyd mae y cryd,
Baban yn cysgu, llwm yn y byd;
Rent yn rhy bryd, y gyflog rhy fach,
Pwy fodd gallai godi'r hogyn bach.

Patsy Gowan

Patsy Gowan ufydd fwyn – talcen
Llydan, llawn o synwyr;
I wneuthur heolydd hyfryd
Trwy dir garw Troed-y-rhiw-trwyn.

Mae Patsy yn weithiwr cryf,
Ar y glo a'r coed mewn unrhyw fri;
Cael ei dalu fwyaf hir,
Fe yw'r gweithiwr iawn yn wir.

Mae nawr yn berchen gwesty – glan, gloew,
I'r iawn feirdd cael pasti;
Cig a llath a phethau glas
Gan ei forwyn fawr a'i wâs.

Mae nawr yn wr boneddig – da i'r tlawd,
A'i dy yn rhydd i'r meddyg;
Fe wnaeth babell eang hardd
I'w draddodi gan y bardd.

Wyres Fach 'Benezer

Daeth i Britannia ferch fach lan,
Gwyneb llawn a'i gwallt fel y gwlan;
Wyres i'w i'r brawd 'Benezer,
Cario iddi fydd ei bleser;
Perlyn hardda'r byd yw'r baban
Cyn rhoddi cam na galw mam.

Asen y Bardd

Offerynau meddygol y mwg
Sydd ar gefn yr asen diddrwg;
Ysgubo ffurnesau Morganwg
Fel na flinir neb mwyach gan fwg.

Ar werth mae'r asen hon,
Llais yn glir a'i cham hir
I redeg fel yr hydd,
Mae'n ufydd nos a dydd.

Ar werth mae'r asen hon,
Ei llais clir a'i cham hir;
Hi rhedeg fel yr hydd,
Yn ufydd nos a dydd.

Carchariad y Bardd

Mi gawso jail heb 'weyd un gair
Am glymu'r asyn bach o gordyn gwair
Wrth dy fy chwaer –
Saith troedfedd uwchlaw llwybr
Wrth bib sy'n arwain dwr
O'r tô i'r llawr –
Pan aeth dau foneddwr llawn
Dan ddwy fox hat, ac o fewn
Dillad glan ac hardd –
Hyd y drws ar fy hol daeth y gwr
Yn hol, sydd ai gyrn yn tyfi dan wadnau
Draed, gan dybio 'mod i, ac arian rhad,
Iddo ef gael dwr oddiar y brâg.
Nid wyf euog gerbron dynion,
Nid wyf euog gerbron Duw.

Rwyf yma heddyw iach a boddlon
I orwedd lawr mewn bedd o galch a phridd
O fewn muriau mawr Caerdydd.

Ymweliad Dau Fardd a Llanwonno

Gwnawd o'r eiddin derwen dderi fwrdd
I dderwyddon Lanwonno gynal cwrdd;
Bu Tawenog a Chocos-fardd y De
Arni'n cydwledda ar deisen a the.

Anerchiad Priodasol i Mr E. Morgan

Edward Morgan glyna wrth dy fargen
Fel tyner don wrth organ,
Cyn cael dy wraig, Edward Rees a gollodd chwys
    yn mentre Margam;
Hi all wau a gweithio gwaith ti, a thaclu bwyd
    'nol gwlychu tos
Ar foreau oer hi godai'n foreu er mwyn i'w gwr
    gael tost.

Awst 8fed, 1894

Asen y Bardd

Hardd yw asen bardd ar gerdyn,
Hi gario pwn o unrhyw gwm;
A nghario i trwy'r wlad mewn cerbyd,
Mae hi'n iach a maen a byr ei mwng.

Mae asen bardd yn hardd ar gerdyn
I garia'i phwn o unrhyw gwm;
A nghario i trwy'r wlad mewn cerbyd,
Mae'n iach ac yn faen a byr ei mwng.

Penill y Bardd i'w Fab Cadwgan

Mae geni fab a'i ben fel yr aur, a'i lygaid fel arian,
Gwallt cwrlog, a'i groen sydd fel y carlo;
Wyth mis, ag wyth dant ganddo fel yr Ivory,
Nid oes plentyn yn y wlad yn ddigon glan yw feiddu.

Symlrwydd y Bardd

Os ydyw'n garpiog fy ngwisg, rwy'n hardd fy ngwedd
I wneuthur pob gwaith yn llwybrus,
Yn debyg i ddyn sydd a'i gydwybod yn rhydd.

Y Ddurtur

Hynod yw'r aderyn yn mhob werin
Sy'n dodwi wy mewn nith uwchlaw pob cwerydd,
A'u diogelu rhag plant Twm o'r Nant i'w dwyn,
Nis gwn pa beth yw ei bwyd, druan fwyn;
Mi glywais ei swn o dan y dail yn canu yn ei gyrfa hael,
Os awn ni yn nes ni fyddai hi yno i'w chael;
Durtur faen sy'n lan 'ran waun,
Yr adar bach sy'n canlyn ni wnai ddim o'r brain.

Y G'lomen

Aderyn cyflyma'i edfanog yw'r g'lomen
Yn y meusydd, ac yn nghanol ei thy mae tomen;
Wrth ei thraed hi gariodd gynyrchiadau rhyfelau o'r frwydr,
Ar ol cael ei saethu gwnai i'r trigolion fwydydd.

Y Ffumerydd

Ffumerydd sydd mewn sylw – gwna fy llw,
    Llosgwch lo yn ulw;
    Ceir uddygyl a lludw
    I'r garthan ar yr aelwyd.

Sweep yw ffumerydd, medd r'wyn,
    Byr ei drwyn – gwna ei waith yn rhwydd;
    Marchoga farch heb frwyn
    Dros ban a brwyn.

Teithio wnai y ffumerydd – rhag cerydd
    I ddringo'r muriau
    Oddi fewn i'r ffumerau
    Cyn gwawria y boreau.

Hiraeth am Amser i Awenyddi

Nid oes amser genyf i awenyddiaeth,
Fy nheulu sydd yn disgwyl am gynaliaeth.

Awen Anorchfygol y Bardd

Nid yw cyfoeth na thlodi yn ddigon
I atal y bardd rhag barddoni;
Pe yn nghlwm ac yn llwm,
Os caiff e' bapur fe gaiff ei foddloni.

Llythyr Barddonol anfonwyd i Gadeirydd Bwrdd Ysgol Pontypridd

Mi a garwn yn wylaidd fel hyn eich hysbysu
Fod tair o ffumerau nawr arnach heb dalu,
A wna Mr Jones fod mor fonedd a chofio
Trwy dalu yr uchod, gwnaf ddiolch am dano;
Y bumed o Chwefror, yn Heol-y-felin,
Gwnes ddysgyb yr uchod a'i llwycho bob gronyn,
Gan hyny, Jones anwyl, gwnewch gofio'r ffumerydd
Sydd wrthi yn ddiwyd drwy deithio'n ei gerbyd.

Diwydrwydd y Bardd

Mewn diwydrwydd yn y byd rwy'n byw
Cyn myned adref at fy Nuw;
Pan syrthiai sychau sâm penelyn,
Canaf finau gyda'r delyn.

Gwraig Aniben

Do, mi aetho i wyngalchu
Ty y wraig sy'n byw heb olchi;
Gwisgo ei 'sgidiau heb ei laso,
Ceisio wreso, do, a'm mhleso;
Te a theisen ar y man
Canaf iddi hyn o gan
Wrth yru'r asyn bach yn mla'n.

Asen y Bardd

Fy asen fach a werthais
Am nad oedd hyny i'm yn orchest,
Roeddwn yn enill mor lleiad
Nes peri'r wraig i fod fel cylleuan
Yn wastad yn clochdorddian;
Nes i mi benderfynu ei throi yn arian.
Teithiais trwy Gymru a Lloegr
Heb ofni cyfarfod Llew na Thiger;
Y gwir yw mi fuo'n ffol,
Rhoddwn aur pe cawn hi yn ol.

Advertisement

Soot, soot for Sale
Near the line of Taff Vale,
It will grow the poor barley
To brew the pale ale.
Do buy from me the chimney dust
So that snails and slugs die they must.
Apply from the east and from the west
So that you may know it is the best.
Soot I'll sell you very cheap,
By the ton or by the heap;
When in your garden it is sown,
The slugs will leave your plants alone.

Y Beirdd yn Llanover Arms

Do, mi gefais wahoddiadau
I gyfarfod y Beirdd i draddodi fy nghynyrchiadau,
A chlywed hefyd organ y genau
Yn canu'n hyfryd 'Hen Wlad fy Nhadau'.
Gofalwch fod eich tafod yn iawn ar y bwrnel
Pan welwch Carnelian fel cyrnal mewn cornel;
Fy anwyl feirdd, datganwyr a llenorion,
Parch a chlod ac anrhydedd i'r mawrion;
Daeth yma wyr Gwlad yr Haf, yn nghyd a rhai o Landaf.
Mae'n wir ei bod yn dymhor Nadolig,
Ond y gwyr oedd yn ganolig;
O fel pe bae yn nghanol yr haf,

111

Nes i wir Cymry i ffoi yn ddau ac yn ddau
Rhag iddi nhw'u brathu a'u cnoi.
Mae'n well genyf fod yn mhlith cyffociaid a brain
Nag eistedd gyda gwyr yr iaith fain.

Amaethle'r Bardd

Cymerwch ofal o'r briw fwyd i gyd,
A rhoddwch o hono i'r gieir a'r chwi'd,
A thaflwch y gweddill dros y fagwrfa i'r adar man,
I'w gwresogi i ddo'd yno eto i ganu can;
Addawodd fy nhad yn y nefoedd
Iddynt hwy fwyd wrth eu bodd,
Am y rhai bychain yn ei nythoedd yn bod,
A choedwigoedd deiliog i'w cuddio.

Diarhebion Anorphenol

Ni wnaeth gelyn ddrwg i un erioed.
Ond ffrynd a wna ddyn i fyn'd.

Dialogue on the British Laws

Is there a law for the rich?
Well, no, to be sure.
Well, is there a law for the rich?
Yes, and also Gin and Sugar.
Well, how is that?
Well, I'll tell you how. If you can see a man
That will stand on his pins and show a bank book.
You and I can take our hook.
Who made the law then?
The wise men of education.
Yes, and the men of brain,
They need not go out to the wind or rain.
What sort of thing or kind is the law?
Oh, lot of writing, lines of writings
Heaped in books, and left gaps in those lines
So that an haystack can go through.

Ar Goroniad y Bardd

Mi deimlais fod ar fy mhen
Megys pedwar pwys o fenyn,
Pan oeddwn yn eistedd
Yn hen gadair fawr y brenin.

Gwelais y Carw yn dal o'n mlaen
Y cleddyf llym,
Ac yn fy rybuddio na chawswn
Yno siarad dim.

Mi ges fawr anrhydedd gan
Feirdd Ynys Prydain
Dan goron aur a'i pherlau,
Urddasol gnotog sidan.

Mi welais fy hun yn ddyrchafol,
Gwelais hefyd y Carw;
Ar gadwyn englynion
Yr wyt ti yn rhagori.

Ceir Tawenog o'r Hafod,
A'i awen yn allwys fel afon;
A'r beirdd o bob haner
Yn ei adwaen fel meistr yr awen.

A Brynfab, Hendre Prosser,
Sy'n feistr pill o gan:
Ei hoffder ef yw canu
Am gartre'r defaid man.

Odynfab awen barod,
Hen lowr dewr yw'r dyn;
Cymydog hawdd ei garu,
Ni theimla byth yn flin.

Ap Rhydderch sy'n rhagori
Ar feirdd mewn bro a bryn;
Mae ef yn ben farchogwr
Ar gefn ei geffyl gwyn.

The Sweep's Grievance

I'll leave the whole of the town
For there is not a foul chimney here can be found.
I did but one chimney on the mountain to-day,
For last week they had spent all the pay.
In sulphur and smoke they may live or die,
For a month I will not go that way.

Tywysog Cymru

Albert Edward, T'wysog Cymru,
Brenin fydd er cof am y brwydrau
Yn y caeau cenin,
Cyn iddo fwyta bara menyn.

Cafodd glod rai misoedd cyn iddo d'od,
Nes cyffro'r Seison trwy'r holl deyrnas,
I holi eu gilydd pa beth sydd
Heddyw'n bod yn Nghymru rydd.

Os cyflawna ei weinyddiaeth
Fel ei hen frenines fam,
Rwy'n sicr na chaiff Cymru
Ganddo unrhyw gam.

Anwyl D'wysog cymer ofal
Na chai di yma heddyw anwyd,
Rhag i'r meddygon y Seision ddigio,
A hyny eto ar Gymry feuo.

Cocos-fardd at Porth County Court

If I knew I had so long to wait,
I would have washed and wore on my suit of white.
I wish to apologise, honourable judge.
Saturday, the 6th March, a household maid
    for a sweep did search.
Soon after a.m. 9 the whole street with soot was blind,
For I tied the little nag by the playground fence,
And there came down a scavenger's cart with a
    man with no sense;
He crushed the cart and broke the shafts, and
    then he did but laugh.
If poor Jim, the nag, had not tore his halter off,
    he would also be crushed in half.
Then I ran through the clouds of dust to see him
    alive again I trust,
And at Cymmer Office Square all the harness off
    his back he tore;
And left the wheels spinning at the rate of 60
    miles an hour in the air.
So I leave the case in the hands of the Judge to bear,
And I will agree with the Judge's decision fair.
The Judge proved to me that he was a friend,
Postponed the case, and the day to me did lend,
For the chief witness a constable immediately did send,
He said to the complaining friend, and loudly did he call:
Sit down or else you will fall.
The hall was crowded, and the day was hot,
But my own witness he was bought.
Some were fainting, and others were in fits,
When the Judge and Poet were passing wits.

When the witness came some had given him chloroform,
And a glass of grog to keep him warm.
To plead the case the chloroform and the grog had to take his place.
Many struggles I have seen in life,
I see my friend, and feel my foe like a double edged knife.
If I loose this case, this I'll tell my living wife.
Mae'n rhaid i mi heddyw a'r merlyn fyn'd yn ngynt,
Am na ddaethum ddoe yn ol i'r wraig a phunt.

Hanes Cawrddyn – sef Robert, Craig-yr-Hesg

Daeth o'r Gogledd i'r Basin fachgen ieuanc llon
I 'mofyn gwaith i dawli'r mwyn o'r bâd i'r drams i gyd o'r bron.
Rhoddwyd iddo rhaw fawr haiarn
Ag oedd yn ddigon i dynu dyn cyffredin ar ei ben yn garn.
Rhaw fawr ar y sand, a rhaw yn llai i dawli'r mwyn,
Yr oedd mwy o wahaniaeth rhwng y rhain nag
    sydd rhwng defaid mawr a'r wyn.
Ugain tynell oedd hyn yn ei gynwys,
Fe dawle'r holl cyn codi ei gefen cryf yn gymwys.
Roedd pob diogyn o'i ffordd yn gorfod troi,
A chwilient i gyd am le i ffoi.
Yr oedd e' mor gryfed a cheffyl yn nerth ei glin,
Fe wthiai y rhaw o'i flaen i'r croi;
Wedi gweithio o wawriad dydd hyd yr hwyr.
Aeth y rhaw fawr yn ei law yn ddoi.
Fe fu mwy nag unwaith yn gwaedu'r Blackguards
    yn Traveller's Rest,
Tybia rhain na ddaeth fath ddyn erioed o'r North i'r West.
Robert Williams, Craig-yr-Hesg, mae heddyw'n byw ar ben y rhiw
Mewn prydferth fan dan ofal Duw.

Yr 'Englyn'

Mae enghraifft o dipyn o sbort diniwed ar draul yr arfer o alw unrhyw linellau sy'n odli yn 'englyn' (neu yn *henglyn* yn yr achos hwn!) yn stori J. Ellis Williams amdano ef, Dr Meredydd Evans a Moi Plas yn trafod barddoniaeth mewn tafarn ym Machynlleth un tro. Roedd Moi Plas newydd fod yn traethu'n hir ac yn huawdl am englyn a chywydd o waith Hedd Wyn ac roedd gŵr wedi bod yn gwrando'n astud arno o'r coridor. Toc, dyma'r hen foi yn sleifio yn nes at y cwmni a throi at Moi Plas:

'D-deudwch i m-mi,' meddai wrtho, 'h-hydach chi'n f-fardd?'

Roedd pwysau llwyth o gwrw ar ei dafod, a'i aroglau'n drwm ar ei wynt.

Syllodd Moi arno'n ddifrifol am ennyd, yna cododd o'i gadair yn araf ac urddasol, a thynnu ei law drwy ei fwng gwallt. Gŵr byr o gorff oedd Moi, nid annhebyg i Lloyd George: ysgwyddau llydain, wyneb cadarn, talcen ysgwâr, a phâr o lygaid treiddgar.

'Bardd, ddeudsoch chi?' gofynnodd. 'Deallwch, syr, fy mod nid yn unig yn fardd, ond yn farddwr.'

Barddwr? Edrychodd Mred arnaf, ac ysgydwais fy mhen i ateb y cwestiwn yn ei lygaid: nid oeddwn innau wedi clywed y gair o'r blaen.

'Barchus athro,' meddai Mred, gyda gogwydd gwrtais tuag at Moi, 'a fyddwch mor garedig ag egluro beth yn union yw'r gwahaniaeth rhwng bardd a barddwr?'

Amneidiodd Moi yn nawddogol, ac eistedd yn ôl yn ei gadair.

'Gŵr ydyw bardd,' eglurodd, 'sydd yn nyddu penillion.'

'A barddwr?'

'Gŵr ydyw barddwr,' parhaodd Moi, 'sydd yn creu barddoniaeth. Yng ngodre Olympws y mae trigfan y bardd: ar gopa Olympws y mae gorsedd y barddwr.'

Gwrandawai'r gŵr dieithr â genau agored.

'R-rydw inna' yn f-fardd,' meddai. 'M-mi enillais h-hanner-coron am y Llinell G-goll yn *Y Cymro*. Ond rydach *chi* yn f-farddwr?'

'Barchus Farddwr,' meddwn innau, 'rhowch enghraifft i'r gŵr dieithr hwn o'ch gwaith.'

'Adroddwch eich englyn i'r Wawr,' ebe Mred.

Gwahoddiad hollol ddi-rybudd oedd hwn: ni wyddai Moi, hyd y foment honno, y gofynnid iddo am bennill i'r Wawr.

Pesychodd, cododd ar ei draed, ac adrodd yn y llais prudd-glwyfus hwnnw y bydd beirdd yr Orsedd yn ei fenthyg ar Y Maen Llog:

Y Wawr

Mae y Wawr fel y nos,
Neu bysgodyn yn y ffos;
Ydyw, yn ddi-ôs,
Ydyw, neno'r andrôs.

Eisteddodd, mor sobr â sant. Syllodd y gŵr dieithr yn ddryslyd arno.
'Ydi h-hwnna yn h-henglyn?' gofynnodd.

'Y mae hyd yn oed Homer yn hepian weithiau,' ebe Mred, gan
bwyso'i eiriau, 'ac nid yw'r englyn hwn i'r Wawr, yn fy nhyb i, yn
cyrraedd y safon a ddisgwylir gan farddwr. Beth yw eich barn chwi,
Doctor Williams?'

'Rwy'n cytuno, Professor Evans,' meddwn innau. 'Y mae
symbolaeth y pysgodyn yn rhy annelwig.'

'Yn hollol felly,' ategodd Mred. 'Gallai'r pysgodyn fod yn rhywbeth
o *sardine* i forfil.'

Cododd y gŵr dieithr ei glustiau pan glywodd Mred yn fy
nghyfarch i fel Doctor Williams, a minnau'n ei gyfarch yntau fel
Professor Evans.

'Credaf,' parhaodd Mred, 'fod englyn ein Parchus Farddwr i'r
Llygoden yn tra ragori ar ei englyn i'r Wawr.'

'Ydyw,' cytunais, 'y mae'r englyn hwnnw yn un o'i emau mwyaf
gwerthfawr.'

Daeth y gŵr dieithr gam yn nes, a gofynnodd yn eiddgar, 'D-
deudwch yr englyn i'r Ll-llygoden.'

Cododd Moi drachefn, dyrchafodd ei lygaid, gostyngodd ei lais i
gywair mwy barddonllyd, ac adrodd gydag arddeliad y pennill di-fyfyr
hwn:

Y Llygoden

Gwelais lygoden
Ar ben coeden
Yn chwythu swigen;
Do, neno'r argien.

Eisteddodd yn urddasol, heb gysgod gwên ar ei wyneb; ac mor ddifrifol
ei wedd ag yntau, dechreuodd Mred ganmol y pennill.

'Dim ond dychymyg barddwr,' meddai, 'a welai lygoden ar ben
coeden, yn enwedig un yn chwythu swigen. Y mae'r weledigaeth
ryfeddol hon yn goglais ein dychymyg ninnau, ac yn peri inni holi, yn

ddifrifol ac athronyddol, o ba le y daeth y llygoden, a beth a ddigwyddodd iddi wedi chwythu'r swigen. Ai ystyr yr alegori yw mai'r gŵr gwyntog yn unig sy'n abl i ddringo pren gwybodaeth, ynteu . . . '

Torrwyd ar ei draws gan lais o'r bar: *'Time, gentlemen, please'*.

Codasom, a symud at y drws. Gafaelodd y gŵr dieithr yn dyner ym mraich Moi, a'i hebrwng allan. Nid oedd Mred na minnau, er ein bod yn Ddoctor a Phroffeswr, yn cyfrif dim yn ei olwg: Y Barddwr a gafodd ei holl sylw a'i wrogaeth. Agorodd ddrws y car, a helpodd Moi i mewn. A phan oedd y car ar gychwyn, rhoes ei ben i mewn drwy'r ffenestr, a gofyn yn eiddgar:

'P-pwy ydach chi? B-be 'di'ch enw chi? Er mwyn i mi gael deud mod i wedi'ch cwarfod chi!'

Gwenodd Moi yn fawrfrydig arno, ac atebodd, fel yr oedd y car yn cychwyn, 'Fy enw i ydi Crwys'.

Fel y dywedais eisoes, hwn oedd yr unig dro imi ofni bod direidi Moi yn torri dros ben llestri. Ofni yr oeddwn, pe clywsai Crwys y stori, y gallai deimlo'n ddig wrth Moi am gymryd ei enw yn ofer. Yr oedd Mred a minnau yn adnabod Moi yn ddigon da i wybod mai Crwys oedd ei hoff fardd, ac mai dyna paham y daeth ei enw ef gyntaf i feddwl Moi. Ond rhag ofn i rywun arall ddweud y stori wrth Crwys, pan gwrddais ag ef ar faes yr Eisteddfod Genedlaethol y mis Awst dilynol, dywedais y stori wrtho.

Chwerthin a wnaeth Crwys, chwerthin dros y lle. Ac ym mhob Eisteddfod y cwrddais ag ef wedi hynny, ei gyfarchiad cyntaf oedd, 'Sut mae'r Crwys arall?'

Beirdd Talcen Slip

Yn ôl T. Gwynn Jones, roedd Talhaiarn (*Talhaiarn*, 1930) yn hoff o gwmni prydyddion a chynnal eisteddfodau yn Llanfair, lle byddai ef yn ben dyn:

Byddai yn eu plith 'feirdd Talcen Slip' – term o'i ddyfais ef ei hun – a rhai tipyn gwell hefyd. Ni allai Talhaiarn beidio â mwynhau edmygedd y rhai 'talcen slip' fel y lleill. Rhydd enghreifftiau o'u gwaith. Yr oedd y ddannodd ar Ddafydd Roberts. Aeth at y gof i dynnu daint. Tynnodd hwnnw dalp o'i foch i ganlyn y daint. Chwyddo o'r foch yn anferth. Dyma 'Englyn' Bob Jones i foch Dafydd:

'Dafydd Roberts, gweithiwr Garthewin Fawr,
Un foch fechan ac un foch fawr,
Un i fwyta tatws llaeth,
Ac un i fwyta brechdan.'

'Nis gwn i pe'm blingid,' medd Talhaiarn, 'pa un a hoffaf fwyaf, ai barddoniaeth fel yna ai campwaith cadeirfardd.' (*Gwaith, 1, 28*).

Mewn troednodyn, mae T. Gwynn Jones yn adrodd yr hanesyn hwn:

Cof gennyf am un creadur diniwed a 'urddwyd' ganddo ef a'i gymdeithion. Buont yn chwilio'i ben i edrych 'a ellid bardd o honaw'. Cawsant nad oedd yr 'Awen' ynddo, ond y gellid ei dodi yn ei ben. Torasant ei wallt yn y gnec a dodi plastr o fwstard am ei gorun. Bwriodd y truan ei wallt, ond aeth yr 'Awen' i'w ben, ac 'urddwyd' ef tan y ffug enw 'Lleuen gorniog Llangernyw'.

Yn y gyfrol *Gwaith Talhaearn*, mae'r awdur yn cofnodi nifer o hanesion am feirdd tebyg ac yn esbonio sut y bu iddo eu bedyddio yn 'feirdd talcen slip':

Dywedodd Robert Davies, Bardd Nantglyn, stori fel hyn wrthyf. Yr oeddynt yn cadw Eisteddfod yn Nhreffynnon er ys amser maith yn ôl, a Robert Davies oedd y beirniad. Un o'r testunau oedd Englyn i Ffynnon Gwenfrewi. Wedi barn a chyflwyno y wobr i'r ennillydd, fe godôdd hen wr i fynu ar ei draed ôl yn yr ystafell – hen fachgen penwyn, glânbryd, a siriol, – a dywedodd fel hyn, 'Gyd â'ch cennad, gwmpeini, yr wyf finnau wedi gwneud englyn i Ffynnon Gwenfrewi, ond gan na fedraf na darllen na 'sgrifenu, dymunwn adrodd fy ngwaith, a barnwch chwithau'. 'Chwareu teg i'r hen Batriarch,' ebai rhyw un, 'gadewch i ni gael clywed yr englyn.' 'Ië, ië,' meddai'r bobol, 'gadewch i ni gael yr englyn.' Wele'r hen frawd yn edrych mor seriws a sant, ac ar ôl carthu ei hopren, adroddodd yr englyn campus a ganlyn:

'Mae ffynnon Gwenfrewi
Yn cario llawer o faw ac o ddrewi,
Yn bur ddi ddiogi
Heibio Ffattri Smoli,
Ac yn bur broppor
Heibio 'r gwaith coppor,
Ac heibio gwaith Breili
Heb na thwrna' na beili,
Ac oddi yno i'r môr
Yn fawr iawn ei stôr,
Yn gysgod i'r pysgod i'w pesgi.'

'Hwrê!' ebai'r gwyddfololion. 'Fyth o'r fan yma,' ebai Robert Davies, 'dyna ganu diguro, ai oes dim possib cael medal i'r hen wr?' 'Oes,' ebai rhyw langc, 'Y mae gennyf fi flwch tybacco pur neis, ac mi gaiff y cauad yn fedal, os rhoiff rhai o'r lodesi yma dippyn o ruban i mi.' Tynnodd lodes lân ruban o'i bonnet, a rhoddwyd ef drwy dwll yng nghauad y blwch, ac addurnwyd y Bardd â'r fedal ynghanol cymmeradwyaeth, chwerthin, a llondrwst traed a dwylaw.

Mewn rhan arall o'r gyfrol, mae'n adrodd rhagor o hanes y Beirdd Talcen Slip y daethai ar eu traws:

Wel, yn awr, yr wyf yn bwriadu disgyn o frigyn uchaf derwen barddoniaeth i lawr at y bonyn, i ganol drain a drysni y 'Beirdd talcen slip'. Nis gwn i, pe'm blingid, pa un a hoffwyf fwyaf, ai campwaith y prif Feirdd, ai trwsglwaith y Beirdd talcen slip. Tybiwyf' mai ymerawdwr y dosparth yma oedd Siôn Rhobert, 'Pen Beirdd'.

Er fy mod wedi adrodd ei waith droiau o'r blaen, yr wyf yn ei adrodd unwaith etto, er mwyn cof a chadw. yr oedd Siôn Rhobert yn oesi oddeutu pedwar ugain mlynedd yn ôl, ac yr oedd beirdd yr oes honno wedi rhoi'r titl o 'Ben Beirdd' iddo, oblegid fod Siôn Rhobert yn credu yn ei galon ei fod yn Fardd o waed coch cyfa. Un tro, ar ei daith yn Sir Gaernarfon, daeth at dŷ newydd, oedd yn cael ei adeiladu i wraig weddw, ac ebe'r seiri coed, a'r seiri meini, 'Dowch, Siôn Rhobert, gwnewch englyn i dŷ'r wraig weddw.' 'Gwnaf, yn siŵr, fy mhlant i,' ebyr yntau, 'gadewch i mi dynnu 'nghôt, a'i thaflu ar draws y nenbren,' (oblegid yr oedd hi yn braf iawn yn yr haf). 'Dyma fo,' ebyr o:

Tŷ newydd a wneir,
Dowch, seiri, prysurwch;
Nenbren gref a bery byth,
Gwraig dda dâl i bawb,
Moeswch imi 'nghôt.'

Wel, i chwi, ffwrdd a Siôn Rhobert ar ei daith i Sir Fôn; a'r pryd hwnnw ysgraff Moel y Dòn fyddai'n cludo'r bobloedd dros Afon Menai; ac ebe'r cychwyr, 'Dear me, lads, dyma Siôn Rhobert, Pen Beirdd – da chwi, Siôn Rhobert, gwnewch englyn i'r ysgraff.' 'Gwnaf yn union, mhlant i,' ebyr o. Dyma fo:

'Ysgraff Moel y Dòn,
Ar ei thorr mae hi'n cerdded,
O Arfon i Fôn,
Ac o Fôn i Arfon,
Ac felly'r oedd hi 'rioed, am wn i.'

Ymlaen a Siôn Rhobert i ryw dafarndŷ yn Sir Fôn, ac ebe gwraig y tŷ, gan godi ei dwylaw, 'Dear me, dyma'r Bardd – pwy f'ase'n meddwl! Siôn Rhobert, bach, ai wnaethoch chwi yr un englyn yn ddiweddar?' 'Newydd wneud un y munud yma,' ebyr yntau. 'Wel, gadewch i ni ei glywed o, Siôn Rhobert, bach?' 'Na, na, ni wna i ddim trin barddoniaeth, nes i mi gael bwyd a diod.' 'Dear me,' ebe'r wraig, 'pobol ryfedd iawn ydyw'r beirdd yma. Cadi, tyr'd a bara a chaws a chwrw i Siôn Rhobert, mewn munud.' Ar ôl iddo fwytta ac yfed ei wala a'i weddill, fe draethodd yr englyn. Dyma fo:

'Wrth ddwad ar draws y rhos,
Mi welais lygoden yn y ffos –
Aeth yn union i'w thwll o f'ofn i.'

Tybiwyf mai'r nesaf mewn ardderchowgrwydd, yn mhlith y beirdd talcen slip, oedd Huwcyn, mab Elis y Cowper. Chwi a wyddoch oll mai anterliwtiwr, yn amser Tomos o'r Nant, oedd Elis. Yr oedd gan Huwcyn dippyn o awen ei dad, ond nid oedd ganddo fawr o synwyr i lywodraethu ei dippyn awen, o blegid rhyw hanner pen oedd Huwcyn ar ôl y cwbl. Un diwrnod bu farw ei fam, ac i ffwrdd a Huwcyn, a'i wynt yn ei ddyrnau, i Loddaith, i ddweyd wrth ei dad. Ar ôl rwtsio ar draws y caeau, y gwrychoedd, a'r cloddiau, daeth i weirglodd, lle yr oedd llanciau Gloddaith yn cario tail. 'Lle mae nhad?' meddai Huwcyn. 'Crogi neb ŵyr pwy wyt ti na dy dad,' meddai nhwythau.

'Ond Huwcyn Elis yn chwilio am ei dad,
Cowper ydw i, a chowper ydi nhad:
Mab i'r hen wraig a'r llygaid cochion
Fu farw yn nghanol ei gwely,
Heb neb yn ei gweled,
Mewn tŷ a simneu goch ar ei ganol.'

Dro arall, aeth Huwcyn i ymweled â'i gymmydog Siôn Tomos y Crydd, ac fe aeth yn ymgom rhyngddynt am farddoniaeth. 'Wel, cana dippyn heddyw, Huwcyn bach,' ebe Siôn Tomos. 'Na wna i yn wir,' meddai Huwcyn, 'dechreuwch chwi, Siôn Tomos.'
Siôn Tomos yn dechreu –

Huwcyn, dyhiryn di hedd — coluddyn
    Celwyddog ei fuchedd;
    Yn uffern bydd tu hwnt i'r bedd
    Yn deifio 'mysg y dafedd.'

'Siôn Tomos yn gloff a'i wraig hefyd,' meddai Huwcyn. 'O! dyn! tydi nyna ddim yn ganu,' ebe Siôn Tomos. 'On' tydi o'n ganu, mae o'n wir,' ebe Huwcyn.
Wel, yn awr, am yr olaf o honynt. Yr englyn a ganlyn a achosodd i mi fedyddio englynion fel hyn yn 'dalcen slip'. Yr oedd rhyw hen dŷ tô gwellt yn agos i Landdoged, ac asgwrn ei gefn wedi pantio, a'i bigin talcen bron a syrthio. Yr oedd ei bigin talcen at y ffordd, ac yr oedd llwybr gyda'i ystlys i fyned i mewn yn y pen arall. Dyma Huwcyn yn gwneud englyn iddo fo –

'Tŷ Dafydd Goch Gwtta,
A'i ffront yn ei gefn;
Asgwrn cefn osgo,
A thalcen slip.'

Arferai John Jones, Llidiart Mynydd, Pentrefoelas lunio rhigwm am hyn a llall yn yr ardal. Mae ganddo ddau adnabyddus yn aros ar gof gwlad yn yr ardal o hyd. Tafarn ar Fynydd Hiraethog yw Bryntrillyn:

Ym Mryntrillyn mae hwrdd.
Yno mae o eto os nad aeth i ffwrdd.

Ar y mur ym Mryntrillyn mae cloc
Mae'n mynd rwan mi stopith toc.

* * *

Yn llawysgrif Cwrtmawr 116A, nodir penillion a rhigymau rhyfedd a gasglwyd gan David Evans, Llanrwst. Dyma ddetholiad byr o'r gwaith gan Tegwyn Jones.

I Lyn Tegid

Llyn Tegid cawr coch ym Mhenllyn
Ar ei fin mae'r Bala a Llanuwchllyn,
'D'oes yr un o'i ail o –
Dacw alarch gwyn arno.

Goronwy Fardd

I'r Diafol

Ni wyddom i gyd mai un drwg ydi'r Diafol
Am hynny peidiwn a gwneud dim a geisia,
Wrth i goelio fo'n ddigon siŵr
E droes Adda'n droseddwr.

Jack Craig-lon, Conwy

I Lerpwl neu Llynlleifiad

Yn Llerpwl mae llarpia
Yn dod allan o dylla
A pho bella oddi wrthynt
Gorau i gyd.

Jack Craig-lon eto.

I ŵr o'r enw Dafydd Llwyd yr hwn oedd a newyn a syched arno

O elyn ar aelwyd Dafydd Llwyd
Eisiau bwyd, Lisa lesol,
Lân ddi-lol, brechdan fechan
I Ddafydd Llwyd –
Mae'r llegach bron a llwgu.

Rhobad y Tyddyn

Un difyr iawn oedd Ned Leban – gwnai englyn bron i bopeth. Y mae rhywfodd wedi medru anfarwoli ei enw yn rhyfedd. Pan oedd pont yn cael ei hadeiladu yn ei amser yn agos i'r Bala digwyddodd i'r bardd fyned heibio'r fan ac un o'r seiri a'i cyfarchodd, 'Edward', meddai, 'gwnewch englyn i'r bont hon'. 'Gwnaf,' ebai yntau. A dyma fo:

Pont yw hon a thro yn ei thin
A godwyd dros afon Tryweryn,
A dylai y seiri meini
Gael tâl am ei gwneud hi.

Yr oedd Robin Grasi y bardd yn hoff iawn o faco, a rhyw dro pan oedd heb ddim canodd yn ei gynddaredd iddo yr englyn pert a ganlyn:

Mae'r eilun cas tobaco – yn gyrru
Dynion call o'u co;
O bac y cythraul daeth o –
Dyna yw ystyr 'baco'.

I Bistyll Rhaeadr Mochnant

Dacw y dŵr yn dwad i lawr o'r meysydd
Yn syth ar ei ben dros y graig,
Dacw o yn y fan acw,
Dyma finnau yn y fan yma,
Ac y mae Siân yn byw yn ei ymyl o.

Di-enw

Y peth a welais

Wrth fyned i'r mynydd rhyw brydnawn
Gwelwn farcutan ar ben tâs fawn;
Erbyn mynd yno, 'd'oedd yno 'r un.

Ifan Ronwy, Llanuwchllyn

I'r Morgrugun

Er mai distadl yw'r Morgrugun – mae'n ddoeth
Mae'n ddiwyd mae'n ddygn,
Er nad yw ond pryfyn.

Wil Penllyn

I Ardalydd Môn

Ardalydd Môn sy' eitha' dyn – bu'n ymladd
  Â Boni ei hun:
  Yn Waterlŵ mi gollon ei glun,
  Pe base'n colli'r ddwy base heb yr un.

Hwsmon o Fôn

I Bistyll Rhaeadr Mochnant

Pistyll mawr Rhaeadr y Berwyn
Yn edrych yn wyllt ar ben y boncyn.
Mi gwympodd i lawr dros y graig
A thorrodd ei weddw yn glec.

I'r Corn Chwigil

Pan oedd y Bardd yn teithio rhwng y Bala a Dolgellau gwnaeth ef ar archiad un oedd yn cyd ymdeithio ag ef yr Englyn isod

  Corn Chwigil ddi bil ddiobaith – nytha
    Yn eithafion y waen ddiffaith.
    Aflwydd i'w chywion a'i chywaeth,
    Dawith hi lonydd i neb i gerdded y ffordd fawr.

Ned Laban

I'r Hen Lanc

  Hen Lanc ar ben ei hun
  Mae o yn bur ddi-lun
  Mae o yn frawd i'r dyn â'r baich drain
  Sydd yn y lleuad yn saethu brain.

* * *

Yn niwedd y ganrif ddiwethaf, cynhaliwyd cystadleuaeth mewn eisteddfod yn Lerpwl gan gynnig gwobr am yr englyn 'talcen slip goreu' a'r hyn brofwyd oedd bod yr ymgeiswyr yn 'rhy gall o lawer i wneyd talcen slip'. Rhaid, yn ôl y beirniaid Hiraethog a Chynddelw, wrth ryw 'idiot-fardd' i'w wneud; neu, mewn geiriau eraill, rhyw hanner pen o ddyn – un fyddo yn credu yn gydwybodol ei fod yn fardd ac eto i gyd yn amddifad hollol o unrhyw wybodaeth mewn cysylltiad â rheolau barddoniaeth.

Mewn erthygl yn *Papur Pawb* (Ebrill 20, 1912) y cyhoeddwyd hyn gyda detholiad o waith y Bardd Cocos ac yna gyflwyniad byr i Ned Laban o'r Bala gynt:

Un o'r un dosparth oedd Ned Leban – hen lolyn fyddai yn byw yn nghymydogaeth y Bala lawer o flynyddau yn ôl. Mewn Eisteddfod yn y dref hono, pan oedd Gwallter Mechain, Twm o'r Nant, Bardd Nantglyn, ac ereill yn bresennol, daeth Ned yn mlaen mor hyf a neb ohonynt, gan adrodd ei 'englyn' – gan edrych mor sobr a sant, a chredu hefyd fod ei gyfansoddiad mor berffaith ag eiddo yr un o'r prif feirdd. Ymlwybrodd yn mlaen ar y llwyfan, ac fel hyn y canodd i Lyn Tegid:

Llyn ar y gro, gloew o ddŵr glan,
Yno roedd o, yno mae o, ac y bydd am wn i,
Ond os daw'r diliw byth i'r Bala,
Cynta'i draed i ben domen pia hi.

Mae Guto Roberts yn cofio rhai englynion tebyg megis hwn i'r fynwent:

Yma mae'r meirw yn byw,
Yma er gogoniant Duw,
Chipings a cherrig mân
A phobol yn cerddad nôl ac ymlân.

Ar garreg fedd
(yn ôl Ieuan Rhys Williams)

Yma y gorwedd Catrin Lloyd,
Hi orwedd yn awr rhwng estyll o goed;
Jones oedd ei henw, fi roddod Lloyd
Am nad oedd Jones yn odli â choed.

* * *

Roedd gan Pontsiân yntau stori uchel iawn am englyn tebyg:

Mae'n beth rhyfedd iawn sut mae pethau yn aros ar gof dyn. Rwy'n cofio nawr am ryw foi o'r enw Awen Berfolander Jones yn pregethu mewn cymanfa ddirwest lawr yng nghyffinie Llangrannog. O Borthmadog o'dd e'n dod, a mi fydde gydag e rhyw bwynt fel hyn.

'Yn yr haf,' medde fe, 'mi fydd y boneddigion yn dod acw i Borthmadog, ac ar ddiwedd yr haf, bydd y boneddigion yn mynd yn ôl i'w cartrefi. Ond mi fyddan nhw wedi gadael llawer iawn o fudreddi ar eu hola nhw. Beth fydd yn digwydd i'r budreddi 'ma meddech chi. Beth fydd yn cymeryd lle i'r rhain? A fydd y Town Corporation yn cael gafael ar y budreddi 'ma? O O O na! Bydd pobol dda Porthmadog yn rhy ddoeth i hyn. Beth fydd yn cymeryd lle ynteu, meddech chi. Ow, bydd pobol dda Porthmadog yn disgwyl i'r Spring Teid i ddod i fewn. Bydd yr hen fôr mawr yn dod i fewn ac yn golchi ymaith y budreddi o'r traetha 'cw. A garw o beth, gyfeillion, na ddylifai rhyw fôr mawr dros eich bywyda chi a finne i olchi ymaith y budreddi sydd wedi llygru'n bywyda ni.

A chware teg i Awen Berforlander Jones, fe, os rwy'n cofio, o'dd awdur yr englyn hyfryd hwnnw er lles y bobol sy'n methu dweud yr 'ch'. Rwy' wedi câl llawer iawn o hwyl i'w adrodd e, a dyma fe:

Chwychwi a'ch ach o'ch achau – O chewch chi
    O'ch uwch ach ychau,
  Ewch, ewch, iachewch eich ochau;
  Iach wychach, ewch i'ch iachau.'

Ond fe wnâth Awen Berfolander Jones nid yn unig gyfansoddi englyn mor fawr: fe âth e i'r drafferth o'i gyfieithu e i'r Saesneg – hynny yw, ffor ddy sêc of owr Inglish ffrens:

'Kwykwi a'k ak o'k akau – O kewk ki
    O'k uwk ak ykau,
  Ewk, ewk, iakewk eik okau;
  Iak wykak, ewk i'k iakau.'

A rhyw bethe bach felna sydd wedi aros ar gof dyn ar y daith, a sydd wedi rhoi llawer iawn o hwyl i ddyn wrth 'u hail-adrodd.

Llyfryddiaeth fer a ffynonellau eraill

Llyfr O Waith Yr Awen Rydd A Chaeth, Gan John Evans, Yr Archfardd Cocysaidd Tywysogol. Porthaethwy: Cyhoeddedig gan yr Awdur. Pris chwecheiniog. d.d. tt. 36. Ar y tudalen olaf ceir 'Bangor: Cyhoeddedig dros yr Awdur, gan Jones a'i Gyf.'

'Bardd Cocos.' Ei Hanes, Ei Swydd, Ynghyd A'i Weithiau Barddonol gan Alaw Ceris. Pris Swllt. Porthaethwy: Argraffwyd gan Williams a Harrison (T.H. Williams). d.d. (Ceir 10 Chwefror 1923 ar derfyn y Rhagymadrodd) tt. 52.

Cocos Detholiad O Farddoniaeth Y Bardd Cocos (Gwasg y Tŵr, 1980) tt. 16. Yng nghefn y llyfryn ceir 'Argraffwyd gan Ifor G. Jones ar Wasg y Tŵr, Foel Graig, Llanfairpwllgwyngyll'.

Lady Gwladys a Phobl Eraill, D. Tecwyn Lloyd (Tŷ John Penry, 1972)

Y Casglwr Rhif 8 (Awst 1979) t. olaf
Rhif 11 (Awst 1980) t.5

Gwaith Talhaearn I (1855) t.337-8
II (1862) t.202-3

T. Gwynn Jones, *Talhaiarn* (1930) t.9

Y Genhinen (1888) t.286-87

Papur Pawb (20 Ebrill, 1912), t.6-7

Papur Pawb, (14 Medi, 1912), t.3

John Rowlands (Bro Gwalia), *Blwch Cuddiedig* (Caergybi, 1860)

John Rowlands (Bro Gwalia), *Y Trysor Barddawl* (Caernarfon, 1864)

Arthur Seimon Jones (Anellyn), *Y Bellen Fraith* (argraffedig ar gais neillduol yr Awdur gan J.R. Lewis, 104, Heol y Prior, Caerfyrddin)

Elias Jones (Ffumerydd Jones, Cocos-fardd y De) *Simleiau'r Cwm,* (argraffwyd dros yr awdur, Pontypridd, 1897)

J. Ellis Williams, *Moi Plas,* (Llyfrau'r Dryw, 1969)

Llawysgrifau D. Tecwyn Lloyd, drwy garedigrwydd Gwyneth Lloyd ei weddw.   •

Llyfrgell Genedlaethol Cymru, Llawysgrif Cwrtmawr 116A

Hyfryd Iawn, Eirwyn Pontshan (Y Lolfa, 1966)